星合の空

代筆屋おいち

篠 綾子

時代小説文庫

角川春樹事務所

目次

星合の空

代筆屋おいち

第一話　墓荒らし

一

薄紅色の薄様《うすよう》に、一本の木の枝が描かれている。瑞々《みずみず》しい若葉には、緑の画料が施され、純白の美しい花が生き生きと咲き誇っていた。

「すごい……。本物の梨の花みたい」

おいちは思わず呟《つぶや》いていた。

「上手《うま》いもんだろ。これ、あたしが描いたんだよ」

おさめが自慢げな口ぶりで告げた。

「絵具で色つけをしたのはおいらです」

負けじとばかり、幸松《こうまつ》が横から口を挟んだ。

おいちが柳沢家の奥方正親町町子《おおぎまちまちこ》の許《もと》で、日記の清書を手伝っていた半月の間、露寒軒《ろかんけん》宅では引き札作りが進められていたのだという。

日本橋大伝馬町《おおでんまちょう》の紙商小津屋《おづや》から薄様が届けられ、支配人の娘である美雪《みゆき》が引き札の見本を示してくれた。

それは、紙の左端に梨の木の絵を描き、真ん中に「歌占《うたうら》兼代筆屋」と大きく書いたものであった。その左側に少し小さな字で、「本郷梨の木坂、戸田露寒軒《とだろかんけん》宅」と場所を書き入れてある。

空いている右端の部分には、露寒軒に選んでもらった歌を一首添えるのがよいのではないかという、美雪の意見に対し、露寒軒はさらさらと一首の歌を作った。

「えっと……」

これが引き札の見本だという紙を見せられて、おいちはその歌の部分を読み取るのに、目を細めねばならなかった。

この見本の「歌占兼代筆屋」という文字と「本郷梨の木坂、戸田露寒軒宅」の部分は、美雪が書いたらしい。しなやかで正確な筆遣いである。だが、右端の歌だけは、作者である露寒軒が書いたのだろう。

その金釘ばった文字が読めなくて、おいちがもたもたしていると、

君に代はりたまづさ書くは本郷の　梨の木坂と心得よかし

露寒軒が胸を張って朗々と吟詠する。

「……あなたに代わって、たまづさ——？　たまづさって何のことですか」

おいちが尋ねると、露寒軒は「そんなことも知らんのか」とでもいうかのように、ふん

と鼻をならした。

「たまづさってのはね。文《ふみ》のことなんだそうだよ。あたしも知らなかったから、露寒軒さまに教えていただいたのさ」

間に割って入るように、おさめが言う。

「あたしらみたいに、たまづさって言葉を知らないもんもいると思うけど、代筆をやってるってことは、この引き札の真ん中に大きく書いてあるから大丈夫だろ。歌の中では『たまづさ』って言う方が、風情があるっていうか、いいと思うんだよねえ」

おさめの言葉に、おいちもうなずいた。

確かに、この歌の「たまづさ」を「文」に替えることはできない。

「それじゃあ、この歌の意味は——あなたに代わって、文を書くのは本郷の梨の木坂と覚えておけよ、っていうことになるんですね」

そう言った傍から、おいちは少し不安になった。

「これ、何だか偉そうじゃありませんか」

露寒軒の顔をうかがうように見る。

「どこが偉そうなものか。このくらいでちょうどよい」

露寒軒はおいちの言葉を受け容《い》れるつもりなど、まったくないようだ。

「それに、何ていうか、ふだん話している言葉を歌にしたっていう感じがしませんか」

おいちは露寒軒にというより、おさめや幸松にも聞かせるように言った。

おいちも歌のことをよく知るわけではない。だが、江戸へ来てから露寒軒宅で歌占用の和歌を書き写し、また、わずか半月だが、正親町町子の日記に出てくる歌を筆記するうちに、少しずつ歌に馴染《なじ》んできている。

また、自分の作った歌を、町子に添削してもらったことは、おいちにとって何より貴重な経験となっていた。無知という暗闇の中に佇《たたず》んでいたところを、一筋の光明で照らし出してもらったようなものだ。

あの時、町子は言っていた。

――『やさしさ』という言葉は俗っぽく、この歌には似つかわしくない。

俗っぽい言葉を和歌で使うのはよくない――と、おいちは受け取っていた。おさめが言うように「たまづさ」という言葉は格調高く思えるが、それ以外の部分は俗っぽい。あくまでも、ぼんやりとそう感じるという程度のことなのだが……。

その時、露寒軒がじろりと目を剝《む》いて、おいちを睨《にら》みつけた。

「お前、もしやこの半月の間に、北村季吟《きぎん》に毒されたのではないか」

「ええっ！」

おいちは驚いて大声を上げてしまった。

「あたし、あちらのお屋敷にいる間、一度だって北村さまにはお会いしていません」

「まことか」

露寒軒の眼差《まなざ》しは疑わしげであった。

「どうして、あたしが嘘《うそ》を吐《つ》かなくちゃいけないんですか」

「いや。話し言葉を歌に用いることは、あの季吟めが露骨に非難しておることゆえ、何か吹き込まれたのであろうと思うたのじゃが……」

そうだったのか――と、おいちは内心でひそかに思いめぐらした。

町子は北村季吟のことを先生と呼んでいたから、和歌の指導も受けているのかもしれない。その町子の言葉は、季吟の主張に沿ったもののはずだ。

そして、露寒軒の和歌における主張は、季吟と正反対なのである。

(それじゃあ、話し言葉を歌の中に用いてもいいってこと？)

おいちはわけが分からなくなった。

「ふだん話している言葉を、歌に詠《よ》んで何が悪い？」

露寒軒は確固たる口ぶりで言った。

「歌は格式ばったものではなく、思いを伝えるための言の葉じゃ。ならば、相手の分かりにくい言葉を用いて何とする？　ここで、お前が伝えたいのは、本郷梨の木坂のこの家で代筆屋をやっているということであろう」

「それはまあ、そうですけど……」

「ならば、これ以上の歌があるものか」

決めつけるように言われると、確かにその通りかもしれないと思えてくる。

お客になるかもしれない人を相手に、「心得よかし」とは少し乱暴な気もするが、これは逆に和歌という形式に当てはめているからこそ許されるのかもしれない。

「分かりました」

おいちが納得してうなずくと、

「それじゃあ、これらの文字を書くのはおいちさんの仕事だからね」

おさめが間髪を入れずに言った。

見れば、梨の枝を描き入れた薄紅色の薄様は、もう何枚も用意されている。おいちが留守にしている間に、おさめと幸松はずいぶんと仕事をこなしてくれていたようだ。

あとは、おいちが文字を書き入れれば、引き札は完成ということになる。

木版印刷のように細かい絵柄が描かれたわけでもないし、使っている絵具の色も少ないが、手作りの温もりがある。その上、色付きの薄様という高価な紙を使用しているため、高級感もあった。

(美雪さんが言っていたように、こんなに美しい引き札なら、人の心を惹《ひ》きつけてくれるはず)

おいちの気分は高揚してきた。

「おいち姉さんが書いてくれたら、おいら、外で引き札を配ってきます!」

幸松が勢いづいた声で言う。

「そうだね。まずは、この本郷の辺りで試してみることだよ。手始めに、兼康《かねやす》の近くに立つのがいいんじゃないかねえ。乳香散《にゅうこうさん》はあいかわらずの人気で、人の出も多いみたいだからさ」


おさめも言う。兼康へ買い物に来る客ならば、それなりに懐《ふところ》も豊かだろうし、何より兼康から遠くない梨の木坂まで足を運ぼうという気にもなるだろう。

そこで、ひとまず二十枚ほどの引き札が出来上がったら、それを持って幸松が配りに出かけるということに決まった。

柳沢家の屋敷から帰ってきた翌日の六月一日から、さっそくおいちは引き札作りに取りかかることになった。

二

おいちは半月ぶりに、露寒軒宅の座敷に座り、代筆屋の仕事に戻った。とはいっても、代筆屋の客はなく、現れるのは歌占の客ばかりだ。

客の出迎えと見送りは幸松がやってくれるので、おいちは心置きなく筆記の仕事に打ち込める。もちろん、何より早く片付けたいのは引き札書きの仕事であったが、おいちがいない間、売れていった歌占用のお札も補充しなくてはならない。

露寒軒が書くよりはましだというので、その間は幸松がお札書きもしていたらしい。だが、手習いの歳月が十分でないため、早く書けないし、書き損じてしまうことも多いのだと、幸松は恥ずかしそうに言った。

「ただ文字を写すことが、こんなに難しいことだなんて初めて知りました。おいち姉さんはすごいです」

幸松はおいちに尊敬の眼差しを向けて言った。

幸松は幼いわりに、和歌の造詣《ぞうけい》が深く、おいちの比ではない。そのためか、おいちになついてはいたが、それは尊敬の念を抱くというのとは少し違っていた。その幸松から、そんな目で見られると、おいちも気恥ずかしくなる。

「そんなこと……。あたしなんて、歌の意味もよく分からずに、ただ書いてるだけなのに……」

「歌の意味が分かってれば、すらすら書けるって、おいら、思ってたんです。でも、それは違ってました。むしろ、意味の分かってる歌を書く方が暇《ひま》がかかるんです」

幸松が言うと、傍らにいた露寒軒がめずらしく二人の会話に口を挟んできた。

「つまり、お前は歌の意味を何一つ分かっておらんがゆえに、早く書けていたというわけじゃ」

露寒軒の目はじっとおいちに向けられていた。

「えっ、別においら、そんなつもりで言ったわけじゃ……」

幸松が小さな声で抗議したが、おいちも露寒軒もそれを聞いてはいなかった。

「ちょっと、露寒軒さま。あたしが何も分かってない愚か者だっていうんですか」

「お前がそれ以外の何だというのじゃ」

久しぶりにおいちが戻ってきて、また二人で仕事をするようになったらすぐにこれである。幸松は二人に気づかれぬように、そっと溜息《ためいき》を漏らした。

「ええい、お前がおらぬ間、この家はまことに静かであったというに……。どうして、お前はこうも騒々しいのか」

「あたしのどこが騒々しいんですか。あたしが今みたいに大きな声を出してしまうのは、相手が露寒軒さまだからです。柳沢さまのお屋敷にいた時のあたしなんて、そりゃあ小さな声しか出さずに、おとなしくひっそりしてたんですから——」

「何じゃと。お前がうるさいのは、このわしのせいじゃと申すのか」

「ああ、もうお二人ともやめてください。外まで聞こえたら恥ずかしいじゃありませんか」

さすがに見かねたといった様子で、幸松が間に割って入ったその時であった。

「ごめんください」

玄関口から、女の声が聞こえてきた。

「お客さんだっ！」

幸松が跳ねるように立ち上がると、すばやく部屋を飛び出していった。

おいちと露寒軒は顔を見合わせたまま、申し合わせたように口をつぐむ。

どちらからともなく目をそらすと、露寒軒は読みかけの書物に目を落とし、おいちはお札書きの仕事に戻った。初めから、それぞれの作業に没頭していたとでもいう様子で、取り澄ました表情を作っている。

そこへ、幸松が女客二人を案内して、座敷へ戻ってきた。

「お客さまです」

幸松が戸を開けて、客人二人を先に中へ通した。

「歌占かね」

露寒軒がおもむろに目を上げて問う。おいちは、どうせ露寒軒の客だと思い込んでいたから、下を向いたまま筆を動かし続けていた。

「いいえ、違います。代筆をお頼みしたいそうです」

幸松が声を弾ませて答えた。

「えっ、代筆――？」

おいちはこの時初めて顔を上げた。引き札も配らぬうちから、代筆の客があるとは思わなかったのだ。

「まあ、おたくさまは――」

おいちは中年の女客二人のうち、一人の方に向けた目を大きく見開いていた。

「お絹《きぬ》さん――？」

おいちの初めての友であるお妙《たえ》の養母、お絹だったのだ。

お絹は円乗寺《えんじょうじ》近くの長屋に、お妙と二人で暮らしている。お妙を引き取る前に育てていた養女のお七《しち》を亡くして以来、心も体も弱り、お七の供養のためだと騙《かた》る悪い男に、金をむしり取られていたことがあった。

この時、おいちと露寒軒たちは、お絹を騙《だま》した男を呼び出し、露寒軒がこっぴどくやり込めたのである。露寒軒はお絹と面識がないが、おいちはお妙の家へ行った時、お絹と顔を合わせている。

「おいちさん、お久しぶりです」

お絹は温かな声で言い、おいちに頭を下げた。

「お絹さん、お体の方はもう大事ないんですか」

おいちも明るい声になって尋ねた。

代筆の仕事を終えた後、お妙は代金支払いのため、露寒軒宅を訪ねてきてくれたことがある。だが、その後はおいちも毎日仕事があるし、その上、柳沢家へ仕事に出ていたこともあって、お妙とも会っていなかった。

「ええ。夏になってからはもう床《とこ》も払って、こうして外歩きもできるんですよ。その節はおいちさんばかりでなく、こちらの歌占の先生にも大変なご恩情をかけていただいたと、お妙から聞いております。お礼を申し上げるのが遅くなって、申し訳ありませんでした」

お絹は体ごと露寒軒の方に向き直ると、両手をついて深々と頭を下げた。

「あの娘はわしの歌占の客じゃ。客として金も払ってもらっているゆえ、さように礼を言われる筋合いのことではない」

露寒軒は照れくさいのか、むっつりと不機嫌そうな声で言う。

「それより、お絹さん。今日は代筆のご依頼ですか」

おいちは急いで尋ねた。お絹は顔を上げると、再びおいちに目を向け、

「ええ。といっても、あたしじゃなくて、同じ長屋のおぎんさんなんですけど……」

と、傍らに座る四十路《よそじ》ばかりと見える女を紹介しながら言った。

「このおぎんさんのご亭主も、最近、少し体を悪くして臥《ふ》せってたんですよ。けど、その時、親戚の人が見舞い状を届けてくれたので、そのお礼状を出したいそうです。でも、相手の人があんまり立派な見舞い状をくれたので、ご亭主は自分で書くのは気が引けてしまうと言って——。だから、あたしがおいちさんのことを話させてもらったんです」

お絹がそこで口を閉ざすと、代わっておぎんが口を開いた。

「亭主もあたしも字が書けないわけじゃないけど、あまり上手じゃないし……。文の正しい書き方だって、ほんとはよく知らないんですよ。それに、もらった見舞い状には、立派な歌まで添えてあって——」

おぎんは途方に暮れた様子で溜息を漏らした。夫の看病でやつれてしまったのか、ずいぶんと痩せており、顔色も少し蒼白《あおじろ》く見える。

「その話を聞いて、あたしがお節介を焼いたんです。ほら、お妙があたしにくれた文には、おいちさんが歌を添えてくれたでしょう？」

お絹が再び口を挟んで言った。

「あっ、あの歌はこの露寒軒さまに選んでいただいたものなんです」

おいちが言うと、お絹とおぎんの目が同時に露寒軒に向けられた。

「まあ、そうだったんですか。先生に――」

お絹が納得したようにうなずく。ただ、そういう願い事を露寒軒にしてよいものかどうか迷っている様子だったので、

「露寒軒さま。このおぎんさんのためにも、ご返事にふさわしい歌を選んで差し上げてくれませんか」

おいちが口を添えた。

「ふむ。まあ、これまでもお前の代筆の仕事は、わしが手助けしてやったものじゃからな。お前の後見《うしろみ》として放っておくわけにもいくまい」

露寒軒はおもむろに顎鬚《あごひげ》を撫《な》でながら言った。

「お客人が親戚の者よりもらったという見舞い状の歌を、見せていただけるかの」

「は、はい。それは持ってまいりました」

露寒軒から言われ、おぎんは慌てて懐から、見舞い状としてもらったという文を取り出した。

「ふむ」

露寒軒はさっと一瞥《いちべつ》するなり、

「これは、お客人の親戚の者が作った歌ではないな」

と、言いながら、その文をおいちへ渡した。

白く丈夫な杉原紙《すぎはらがみ》に、ほのかな薄墨で書き流してある。少しくねくねして読みにくいと

ころはあるが、ぱっと見たところ、上手な筆跡に見えるというような、技巧めいた書き方であった。

見舞いの言葉に続いて、確かに一首の和歌が記されている。

ほど遠み通ふ心のゆくばかり　なほ書きながせ水茎《みずぐき》の跡

書を習っていたから「水茎の跡」が筆跡を指すことは、おいちにも分かる。生憎《あいにく》、それ以上のことは分からなかったが、

「ふむ。これは西行法師《さいぎょうほうし》の歌じゃな」

と、露寒軒は即座に断じた。

「えっ、それじゃあ、他人《ひと》さまの作った歌を勝手に使ってしまったわけですか」

おぎんが目を剝《む》いて問うた。

文の中には、その西行の歌を記したという記述も特にない。他人の歌を勝手に、自分が作ったもののようにして書くのは、人の道理として許されないのではないか。

おぎんはそう考えてしまったようだ。だが、

「まあ、そういうことになろうが、それは決して道理に外れたことではない。そもそも、西行法師とは五百年も前の御仁《ごじん》じゃ」

と、露寒軒は言った。

「親戚の者は見舞いに寄せて歌を添えようと思ったが、自分では作れなかったのじゃろう。それで、古人の作った歌を借りたというだけじゃ」

歌の意味は、「場所が遠いので体ごとそちらへ行くことはできないが、心はそちらへ向かっている。そちらも文を書いてほしい」というようなものだと、露寒軒は説明した。

「はあ、借りもの……だったんですか」

おぎんは、何となく納得しきれないという表情を浮かべている。

どういうことかと尋ねてみると、見舞い状を遣《よこ》した相手は歌や俳句を学んでいて、日頃からそれを自慢にしているのだという。だから、てっきり自作の歌を贈ってきたものと思い込んでいたというのだ。

それで、どんな歌を返したらいいのか、夫婦で弱り果てていたという。

「ならば、わしがよい歌を選んで進ぜようかの」

露寒軒はそう言い、それから思案するように腕組みをして目を閉じた。

しばらくして、露寒軒はかっと目を見開くと、

あはれとぞ言ひける人は君をおきて　深く身にしむ水茎の跡

と、朗々とした声で一首の歌を吟じた。

「露寒軒さま。それは、誰のお歌でございますか。ちゃんと西行法師のお歌に合わせて、

『水茎の跡』で終わってるんですね」

幸松が興味津々といった表情で、誰よりも先に問う。

「これは、今わしが作ったものじゃ」

露寒軒は胸を張って答えた。

「そもそも、見舞いに対する礼状の歌で、都合よく『水茎の跡』で終わる歌がそうそうあるわけではない。作った方が早いのでな」

と、露寒軒は何でもないことのように言った。

歌の意味は、「私のことを哀れだと言ってくれる人は、あなたの他に誰がいるでしょう。あなたのお見舞い状は深く心に沁《し》みました」というようなものだ。

それを聞くなり、

「何て見事なお歌なんでしょう」

と、おぎんは蒼白かった頬を紅潮させて言った。おいちも同じ思いであった。

それから、礼状にしたためるべき内容を、おぎんに確かめ、それをもとに露寒軒が文案を書いた。

「御水茎くだされ、まことにかたじけなく存じまゐらせ候。御言の葉、朝ごと夕ごとにながめ入りまゐらせ候。この方、悩み候ことありしが、お蔭さまにてつつがなくなりまゐらせ候。かたじけなき御こころばへ、いたみ入りまゐらせ候。めでたくかしく」

――お便りをくださり、まことにありがとうございます。お見舞いのお言葉、朝な夕なに拝見しておりました。この度、病にかかりましたが、お蔭さまで快復いたしました。あなたさまのありがたいお心遣い、痛み入りました。

この文は、病み上がりの夫に代わって、おぎんが書いたという体裁を取るとのことで、女文字でもよいという。そこで、おいちが清書をしたためた。

そして、最後に露寒軒の作った歌を書き記すと、礼状は完成である。おぎんはたいそう喜び、紙代も含めて三十文の金を即座に支払った。

文が乾くのを待つ間、よもやま話のついでに、おいちはお妙の様子を尋ねた。お絹の体調がよくなったので、最近はお妙もよく外に出てゆくのだという。おいちの書の腕前に感銘を受けたのか、最近は手習いの塾へ熱心に通っているらしい。

「そういえば、この前、お妙がおかしな話をしていたんだけど……」

ふと思い出したという様子で、お絹は言った。

「おかしな話って何ですか」

おいちが気がかりそうな目を向けて問うた。

「いえね。大した話じゃないんだけど……。あたしの亡くなった娘のお墓が、円乗寺さんにあるんですよ」

おいちはお絹の供をしてお参りに行ったから知っている。その娘とは、恋人に逢《あ》いたいがため火付けをし、その罪で火あぶりの刑に処された八百屋お七であった。

「最近はお妙がよくお参りしてくれるんです。それで、あたしも時折、花やお菓子をお供えするよう、頼んでたんだけど……」

そのお供え物が翌日、なくなっていることがあるのだと、お絹は気味悪そうに続けた。

円乗寺では、檀家が供えたものについて勝手に処分することはないという。寺に納めてほしい場合は、檀家が寺に言い残していくことになっているし、そうでなければ、寺の方から処分してほしいと檀家に知らせがゆく。

「どんな品がなくなっているんだい？」

おぎんがくだけた口ぶりで、お絹に尋ねた。

「それが、いろいろなのよ。菓子だけ持ってかれたこともあるし、お花もひっくるめて全部なくなってたこともあるんだって」

お絹もおぎんを相手にした時は、打ち解けた口調になる。

「何だか気味の悪い話ですね」

幸松が小さな声で、おいちにだけ聞こえるように言う。

「気味が悪いっていうより――」

腹立たしいと、おいちは内心で憤慨していた。

その墓が八百屋お七のものだと知っての狼藉《ろうぜき》ではないのか。罪人として磔《はりつけ》にされた者の墓だから、何をしてもいい――そんなふうに考える不届きな輩《やから》がいるということだ。

「お絹さん。それ、許しておいちゃいけませんよ」

おいちはついそう口走っていた。

「えっ……？」

お絹が虚を衝《つ》かれたような様子で、おいちに目を向ける。

「そうですよね、露寒軒さま」

おいちから同意を求められた露寒軒は、顎に手をやりながら少し渋い表情を浮かべた。

「まあ、ただの悪戯《いたずら》などであればよいが……」

めずらしく、露寒軒は言葉を濁すようにして口を閉じてしまった。

（露寒軒さまは、三五郎《さんごろう》とかいうあの悪党のことを案じていらっしゃるんだ）

おいちはすぐにそのことに気づいた。

前にお絹を騙していた男が、何らかの嫌がらせか、ひょっとしたら、再びお絹らに近付こうとしているのかもしれない。だが、三五郎を信じていたお絹にはその正体を明かしていなかったから、口をつぐんだのであろう。

「ただの悪戯だって許せませんよ。お絹さん、あたしとこの幸松で、そのお墓を見張らせてください」

おいちはお絹の方に向き直って言った。

「そんな、おいち姉さん……」

幸松が吃驚《びっくり》した顔でおいちを見上げている。

「何言ってるんですか。お墓の見張りなんて、若い娘さんと小僧さんにやらせるわけにはいきませんよ」

お絹も驚いて反対した。

「もちろん夜の見張りなんかは無理です。でも、せめて店が終わり、夕方の日が落ちてしばらくの間くらいなら、できないわけじゃありません。逆に、昼間は悪戯をする人もいないでしょうし……」

おいちは懸命に言い募った。お絹は「でも……」と歯切れの悪い返事である。

「まあ、円乗寺は大きい寺で、夜も誰かが寝ずの番をしておるじゃろう。取りあえず、お客人の娘に明日お供え物をするように伝えるがよい。明日と明後日の二日の間、この頑固者の好きにさせてみるがよかろう」

最後には、露寒軒が断をくだした。

「ちょっと待ってください。頑固者って、あたしのことですか」

日の本一の頑固者にだけは言われたくない。だが、言い返したおいちの言葉は、

「ありがとうございます。先生がそうおっしゃるのでしたら、おいちさんのお力を借りることにします」

すかさず丁重に頭を下げて言ったお絹の声に遮られてしまった。お妙からどんなふうに聞いているのか、お絹は露寒軒に対して、多大な敬意を抱いているようだ。

「ふむ。まあ、ひとまずはわしがこの者らを監督しよう」

露寒軒はどんと構えた様子で返事をしている。

お絹は何度も何度も礼を言い、おぎんは礼状を大切そうに胸に抱え、帰っていった。

こうして、明日の夕方と明後日の夕方、話を聞いたおさめもぜひ自分にも手伝わせてほしいということになり、露寒軒宅の人々は交替で八百屋お七の墓を見張ることになった。

三

翌日、おいちは一人、日本橋大伝馬町の紙商小津屋へ出向いた。懐には、一枚の出来上がった引き札がある。

引き札は二十枚ほど、すでに仕上がっていた。幸松がさっそく兼康の前で配ってくると言ったが、

「一応、美雪さんの許しを得てからの方がいいんじゃないかい？」

と、おさめが止めた。

確かに、引き札の書き方を教えてくれたのは美雪であり、この件ではさんざん世話になっている。また、おいちが柳沢家の屋敷へ上がる時にも、美雪は小袖を譲ってくれるなど気を配ってくれた。それなのに、柳沢家から戻った挨拶もまだ済ませていない。

そこで、おいちは柳沢家を下がる時に持たされた干菓子の箱を風呂敷きに包み、一人で小津屋へ向かった。

外は、梅雨も明け、真夏の陽射しがともすれば厳しく感じられる。あまり暑くならない

うちに――と思い、おいちは朝のうちに本郷を出たが、大伝馬町に着いた頃には単《ひとえ》の小袖が汗ばんでいた。手ぬぐいを取り出して額の汗を拭いながら、

「ごめんください」

と、おいちは小津屋の暖簾《のれん》をくぐった。

中に女客が二人おり、それぞれに手代がついて見本帖《みほんちょう》を手に説明している。

「いらっしゃいませ」

おいちの声に応じて、十四、五歳と見える小僧が近付いてきた。

「本郷の戸田宅の者です。今日は、美雪さんにご挨拶に来たのですが……」

「お嬢さんですか。へえ、ただ今、お呼びしてまいります」

小僧は丁寧に言い、いったん奥へ下がっていった。そのやり取りが耳に入ったのか、客の相手をしていた手代の一人が顔を上げて、つとおいちに目を向けた。

（あっ、仁吉《にきち》さん――）

声でおいちと気づいたのか、それとも美雪の名に反応したものか。おいちは仁吉と目が合ったので軽く頭を下げた。仁吉もまた、頭を下げると、再び目の前の客に目を戻した。

仁吉が相手にしている女客は、おいちの位置からは後ろ向きの姿しか見えず、齢《とし》の頃も分からない。ただ、すっきりと痩せており、紺地に団扇《うちわ》の文様を染め抜いた涼しげな小袖を着ている。地味な装いであったから、三十代半ばから四十過ぎくらいであろうか。

そうするうち、先ほどの小僧が美雪を連れて引き返してきた。

「あっ、美雪さん」

おいちは現れた美雪に目を向けた。美雪は白地に杜若《かきつばた》の絵柄を染めた単を着ている。いかにも夏らしくて涼しげな装いだった。

「おいちさん、お屋敷を下がってこられたのですね」

美雪は笑顔を向けて言い、まっすぐおいちの前へ向かってきた。

客用に設《しつら》えられている縁台の一つへ案内され、おいちはそこへ腰を下ろし、美雪がその前に正座した。

「あの時は、着物まで用意していただいて、本当にありがとうございました」

おいちは礼を述べ、柳沢家からもらった干菓子の箱を差し出した。

「北村さまよりお聞きしていました。おいちさんは無事に勤めているから、心配は要《い》らない、と――」

美雪はずっとおいちの様子を案じていたらしい。北村季吟もまた、柳沢家の屋敷で顔を合わせることはなかったが、やはり気にかけてくれていたようだ。

「それに、あたしがお屋敷に行っている間、引き札の見本を用意してくださって、どうもありがとうございました」

おいちは改めて美雪の前に頭を下げた。

「私はただ案を示しただけです。露寒軒さまのお歌とおさめさんの絵があってこそ、あの引き札は引き立つというもの。おいちさんにはお気に召していただけましたか」

「はい。おさめさんがすでに何枚か絵を描いていてくださったので、あたしがそれに文字を書き入れました。今日は仕上がったものをこちらにお持ちして、美雪さんのご意見をうかがおうと思ったんです」

おいちはそう言ってから、懐に納めてきた引き札を一枚取り出し、美雪に差し出した。

「まあ、もう出来上がったのですか」

美雪は目を大きく見開いて、引き札を見つめた。

「これは……美しいですね」

美雪は感に堪《た》えないという様子で、噛《か》み締めるように言った。

確かに、おいちの引き札は木版印刷のもののように種々の色が使われているわけでもなく、文字の量も少ない。

だが、おいちの生き生きとした美しい筆跡で綴《つづ》られた一首の歌は、代筆屋の役割とその場所をしっかりと示しているし、おさめの描いた愛らしい梨の花の絵は、梨の木坂という場所を印象づけてくれる。それに、梨の花の白さをくっきりと浮かび上がらせているのは、小津屋が自信を持って勧める薄紅色の薄様であった。

「私が頭に思い描いていたものより、何倍もすばらしい出来栄えです。おいちさん、これはきっとお客さまからよい評判をいただけると思いますよ」

美雪は弾むような口ぶりで言った。

美雪にそう言ってもらえると、おいちの胸も希望に膨らんでくる。

「もしよろしければ、引き札の何枚かはこの小津屋にも置かせていただきましょうか」

美雪はそんなことまで提案してくれた。

「えっ、よろしいのですか」

「はい。露寒軒さまもおいちさんも、小津屋の紙を贔屓《ひいき》にしてくださる大事なお客さまです。ましてや、引き札も小津屋の紙を使ってくださっているのですし、おいちさんがお客さまをつかんでくださることが、私どもの利にもつながるのでございますから――」

優しいだけでなく、しっかりと己《おの》が店の利も考えている。そういう美雪の賢さを目の当たりにすると、おいちは思わず溜息を吐きたくなった。

美雪は働く女人としても見事である。自分はいつか、美雪のようになれるのだろうか、と――。

（それに……）

美雪はただがむしゃらに働くだけの女ではない。想い想われる人がいて、その人と間もなく夫婦になって、女として当たり前の幸せをも手に入れようとしているのだ。

おいちはつい、眼差しを仁吉の方に向けた。

すると、仁吉がそれまで相手にしていた女客が立ち上がったところであった。

「それでは、承《うけたまわ》ったお品の方は、五日後にお屋敷の方へ確かにお届けいたします」

仁吉が恭《うやうや》しい口ぶりで言うのが、おいちの耳に入ってきた。

「どうぞよろしくお願いいたします」

相手の女客は少し低めの小さな声で言い、軽く頭を下げると、立ち上がった。

女客は小柄でほっそりしていた。ずっとうつむき加減にしているので、おいちの位置からは顔がはっきりと見えない。

だが、立ち上がってくるりと向きを変えた時、目に入った女の横顔に、おいちは見覚えがあるような気がした。それに、あの低めの声にも――。

おいちは女客が店の暖簾をくぐって出ていった後も、ついじっと考え込んでしまった。

「おいちさん、どうかしましたか」

怪訝《けげん》そうな美雪の声も耳に入らない。

――天《あめ》の火もがも
おいちの耳許《みみもと》に、女のやや低く思いつめたような声がよみがえったのは、ややあってからのことであった。

（七重《ななえ》姉さんっ！）

おいちは心の中で叫ぶなり、その場に立ち上がっていた。

「おいちさん、どうしたんですか」

美雪が目を剝いて、おいちを見上げている。

「ちょっと済みません」

おいちは言うなり、店の外へ向かって走り出していた。

「わっ！」

暖簾をくぐった直後、出くわしたのは客を見送りに外まで出て、店へ戻りかけた仁吉であった。

「どうしたんですか、おいちさん」

おいちはそれに答える前に、まだ近くにいるはずの女客の姿を捜した。まだ遠くへ行っているはずがない。

おいちの目の中に、女客の着ていた団扇の絵柄がちらりとよぎった。

だが、この辺りは買い物客の行き来が多い。その上、棒手振《ぼてふ》りなども行き交っており、女客の着物も人影に隠れたり、また現れたり——それをくり返しながら、しだいに遠のいてゆく。

おいちは一瞬、追いかけようかどうか躊躇《ちゅうちょ》した。

「おいちさん、今のお客さまとお知り合いですか」

仁吉が不思議そうな顔つきで尋ねてくる。

おいちはようやく仁吉を振り返った。この時にはもう、女客の素性を仁吉に尋ねればいいという気持ちになっていて、後を追いかけようという気持ちは失《う》せていた。

「……はっきりとは分からなかったんですけど、知り合いに似ているような気がして——」

おいちが言うと、仁吉は少し怪訝な顔つきをした。

「でも、今のお方はある旗本家の女中さんですよ。おいちさん、江戸へ出て間もないのに、

「旗本のお家の女中さんに知り合いがいるんですか」

「旗本の家の女中さん……？」

いるはずがない。柳沢家ならばともかく、それ以外の武家屋敷と、おいちは何のつながりもなかった。

「もしかして、歌占か代筆のお客さまでしたか」

気を利かせて、仁吉が問うたが、おいちは首を横に振った。

「あのう、今の方、お名前は何というんですか」

「さあ、あの方のお名前まではお聞きしていませんが……」

仕える屋敷の御用だったのだろう。ならば、どこの旗本家の女中なのかと、おいちは続けて尋ねたが、仁吉は答えるのを躊躇《ためら》った。

「おいちさんが旗本のお屋敷に知り合いがいないのなら、あの方は知り合いの方ではないと思いますけれど……」

客の素性について、あれこれしゃべるのに抵抗があるのだろう。だが、おいちはさらに踏み込んで尋ねた。

「別の人だと分かるなら、それでいいんです。ただ、今の方は、あたしが捜している大事な人のお姉さんによく似ていたんです。あたし、その人を捜すために、江戸へ出てきたから……」

おいちが必死で言うと、その時、暖簾が店の内側から動いて、美雪が立ち現れた。

「教えて差し上げてもかまわないでしょう。おいちさんがあのお客さまの素性を知ったからといって、何か悪いことが起こるわけでもないでしょうし……」

美雪の口添えの力は大きかった。仁吉は素直に「へえ」とうなずくと、おもむろに口を開いたのである。

「あのお客さまは、旗本の甲斐庄《かいしょう》家のお女中でございます。お屋敷は八丁堀《はっちょうぼり》とか」

「甲斐庄家……八丁堀……」

いずれの言葉にも、聞き覚えはまったくない。

そして、七重や颯太《そうた》とも何らかの関わりがあるとは考えられない。

（やっぱり、ただの見間違いだったのかしら……）

あれが本物の七重なのだとしたら、真間村《ままむら》を出てから何らかの理由で甲斐庄家へ身を寄せ、そこで女中をしているということになる。

「あの方はよく、小津屋さんへおいでになるんですか」

おいちはさらに仁吉に尋ねてみた。

「いいえ、今日が二度目です。ただし、今日承ったお品は、うちの者がお屋敷へお届けすることになりましたので、この先もご注文はお屋敷で伺うことになるかと思います」

仁吉は今度は滑らかに答えた。

ならば、あの七重に似た客と出くわすことはもうないかもしれない。といって、おいちには甲斐庄家を訪ねてゆくつてなども何一つない。

再び買い物客でごった返す大通りに目を向けたが、もはや団扇柄の着物は捜しようもなかった。

「おいちさん、平気ですか」

美雪が横から肩を抱くようにして、声をかけてくる。

「え、ええ。大事ありません」

おいちは言い、美雪に導かれるようにして、店の中へ戻った。

(柳沢さまのお屋敷でも、そういえば、あたし、天狗《てんぐ》の男を颯太かもしれないと、思ったんだったっけ)

おいちは数日前の出来事を、夢のように思い出した。

何の根拠もなかった。ただ、たくましい手をしているというだけで、颯太かもしれないと思い込み、そう呼びかけてしまったのだ。天狗の男はそのおいちの呼びかけに、何の返事もしなかった。

今も同じで、単なる思い込みの強さが、幻を見せただけなのかもしれない。よくよく思い返してみれば、あの女客の横顔もやや低い声も、それほど七重に似ていたわけではないようにも思えてくる。

(あたしはただ……こうやって、美雪さんと仁吉さんを目の前にして、ただうらやましくて……ありもしないものを見ていただけなのかもしれない)

先ほど座っていた縁台へ戻りながら、おいちはつと目を美雪と仁吉に向けた。

婚礼の日をひと月後に控えているとはいえ、店の中で親しげに言葉を交わすわけではない。目と目を見交わしただけで、さっと離れてゆく二人の姿は、さほど幸せそうに見えるわけでも、親しげに見えるわけでもないというのに、まるで内側から光を放つかのように、おいちの目には映った。

おいちは美雪に気づかれぬよう、そっと吐息を漏らした。

四

美雪と別れ、小津屋を出てからも、おいちの頭の中は七重のことで占められていた。

（七重姉さん……）

颯太の姉で、今の年齢はおそらく三十路《みそじ》ほどであろう。おいちが九つの年に、一家で真間村へやって来て、おいちの祖父角左衛門《かくざえもん》の梨農園で働いていた。七重には夫がおり、名を佐三郎《すけさぶろう》といった。七重に似合いの男前だが、少し体が弱いという話だった。

それまで、七重と佐三郎、颯太の三人は、真間村と同じ下総《しもうさ》にある八千代《やちよ》村に暮らしていたという。そして、真間村で六年を過ごした後、一家で突然、行方をくらましてしまった。その後のことは、まったく分からない。

（七重姉さんと颯太が、今も一緒にいるかどうか。それだって分からないけれど……）

それでも、もしも小津屋で見かけた女客が七重なのだとしたら、颯太を捜す手がかりになる。

昔、七重が本郷に暮らしていたという話だけを頼りに、おいちは江戸へ出てきたが、本郷では何の手がかりも得られなかった。

（あたしが七重姉さんについて、知ってることといえば――）

おいちは真間村で一緒に過ごしていた頃の七重の姿に思いを馳《は》せた。

真間の井で一緒に歌を読み上げ、颯太と心を通わせた後、おいちは颯太の家に連れていってもらい、七重と佐三郎に紹介された。その後は、一人で颯太の家を訪ねるようにもなった。

病弱な佐三郎とは、あまり話す機会もなかったが、七重はいつもおいちを笑顔で迎えてくれた。だが、その笑顔はいつもはかなげで、どこか疲れているように見えなくもなかった。

仕事が忙しいせいなのか。夫の佐三郎がひ弱なため、苦労が耐えないせいなのか。まだ若くて美しい七重が、苦労をしている姿を見るのは、気の毒でならなかった。

「おいちさん。颯太に歌を作ってほしいって、頼んだんですって？」

七重はある時、おいちにそう尋ねてきた。

その日は、おいちが颯太の家を訪ねたのだが、たまたま颯太も佐三郎も出かけていて、七重と二人きりであった。

真間の井での誓いの後、颯太が歌を作ったという話は聞いていない。忘れたわけではなかったが、おいち自身もまだ一首の歌も作っていなかった。だから、特に颯太を急《せ》かせる気持ちもなかったのだが、颯太はずっと心に留めていてくれたようだ。

「うちの人に教えてもらっているんだけど、あの子には荷が重いわね。才能がないから、おいちさんもあまりいい歌を期待しないでやってね」

七重は悪戯っぽく笑ってみせる。

「そんな……。あたしだって、ろくに歌なんて作れないんですから、いい歌を作ってほしいなんて思ってません。ただ、恋の歌っていうのを贈り合ってみたいなって、思っただけなんです」

おいちはそう答えると、ふと気になって七重に尋ねてみた。

「七重姉さんは、佐三郎さんから、恋の歌を贈ってもらったことがあるんですか」

「さあ、どうだったかしら。もうずいぶん昔のことだから、忘れちゃったわ」

七重はそう言ってごまかすように笑った。

「佐三郎さんは、歌を作ることがおできになるんでしょう?」

「ええ。うちの人は……学問をしていたことがあったから――」

少し言いにくそうな口ぶりで、七重はそう答えた。

「お寺にいたことがあったって、颯太さんから聞いたんですけれど……」

「……ええ」

「ご実家がお寺だったんですか」

住職の家に生まれたのであれば、学問をしていたというのも分かる。だが、そのおいちの問いかけに、七重は首を横に振った。

「いいえ。そうではなくて、お寺に奉公をしていたの。お坊さまになる気持ちもあったようだけど……」

「でも、七重姉さんに出会って、お坊さまになるのをやめ、夫婦《めおと》になられたんですね」

おいちは声を弾ませて尋ねた。もしかしたら、七重と佐三郎も、おいちの両親と同じように駆け落ちをしたのかもしれない。そうした話に、おいちも胸をときめかせる年ごろになっていた。

七重はそうだと言う代わりに、ほのかに微笑《ほほえ》んでみせた。だが、それはいつも以上にはかなげな微笑であった。

「そういえば――」

七重は話を変えるようにして切り出した。

「昔、うちの人に教えてもらった古い恋の歌があるのよ。私が今まで聞いた中で、一番、心を揺さぶられた歌なの」

「ぜひ教えてください」

おいちはすぐにその話に飛びついた。

「『万葉集』に出ている狭野弟上娘子《さののおとがみのおとめ》という人の歌なの」

そう前置きしてから、七重はその歌を口ずさんでくれた。

君が行く道の長手《ながて》を繰《く》り畳《たた》ね　焼き滅ぼさむ天《あめ》の火もがも

歌を口ずさむ七重の声は、ふだんしゃべる時の声よりやや低く、その分、心に重く響いてくる。

「君が行く道のながてを……」

七重の口にした言葉をそのまま口移しに真似《まね》ようとしたが、すべて覚えきれなかった。

意味もまるで分からない。

だが、不思議なことに、意味を理解したい、この歌を覚えたいと、おいちは思った。

「焼き滅ぼさむ天の火」というところは、何となく意味が分かる。とてつもなく凄《すさ》まじく激しい恋の歌であろうという想像だけはついた。

「こう書くのよ」

七重は奥へ行って、一枚の紙を持ってくると、何かが書かれたその紙の裏を使って、先ほどの歌を書き記してくれた。

母のお鶴《つる》ほどではないが、七重も字が達者である。

「どういう意味なんですか」

「これはね。罪人として流されることになった夫のことを詠んだ歌なんですって。あなたがこれから向かってゆく長い道を手繰《たぐ》り寄せて折り畳み、焼き滅ぼしてしまいたい、そうすることのできる天の火があればなあ――っていう意味なの」

七重が歌の意味を解釈してくれた。

「長い道を手繰り寄せて折り畳むだなんて――。そんな考え、どうやったら、頭に浮かぶんでしょう」

おいちは心から驚嘆し、感心して呟いていた。

「本当よね。あなたと一緒に行きたいとか、いっそ私も死んでしまいたいとか、そういうことなら考えつきそうだけれど、道を折り畳んでしまいたいなんて、ふつうではない思いつきだわ。でも、だからこそ、この歌は何百年もの間、ずっと人々に忘れられずに残ってきたのでしょうね」

しみじみとした七重の言葉に、おいちはうなずいた。

「道を焼き滅ぼすっていう思いつきも、なかなかできないことだと思います」

おいちも昂奮《こうふん》した口ぶりで言った。

「そうね。でも、恋の想いを火で表すのは、めずらしいことではないんじゃないかしら。自分も相手も焼き滅ぼしてしまわずにはいられないような、燃えるような想い。恋の炎っていうのは、そういうものなんじゃないかしら」

その時の七重はいつもと違い、まるで何かものに憑《つ》かれたような様子に見えた。

「七重姉さん……?」

「あっ、私ったら、おかしなことを――」

おいちの不審げな眼差しに気づくと、七重はすっと目をそらした。心なしか顔色が蒼ざめている。

「いいえ、おかしなことなんかじゃありません。七重姉さんはそういう想いが分かるんでしょう？　やっぱり佐三郎さんに、そういう想いを抱いたことがあるからですか」

おいちが熱心に尋ねると、

「……そういうのではないのよ」

七重は顔を上げると、首を横に振った。

「今のは全部、うちの人からの受け売り。お寺にいたからかしらね。言うことがいつも理屈っぽくて。燃えるような恋を詠んだ歌はこんなにあるって、いくつも教えられたわ」

早口にそれだけ言うと、七重は歌を書いた紙を始末しようと動かしかけた手をふと止めて、

「でもね、この歌だけは他の歌と違っていたの」

と、紙に目を落として、ゆっくりと言い出した。

「どうしてかしらね。でもね、ただの火じゃなくて、天の火って歌っているでしょう。それも、とてもすばらしいことだと、私は思うの。狭野弟上娘子が焼き滅ぼしたいのは、夫の行く道だけじゃなくて、夫の罪そのものなんじゃないかなって、そんなふうにも思えるのよ。天の火ならば、犯した罪さえも滅ぼしてくれるんじゃないかって、そんな気がして――」

再び七重は饒舌《じょうぜつ》になる。

おいちはもう、七重に不審げな眼差しは向けなかった。

こういう七重の話を、もっと聞きたいと思った。七重は実はとても教養が深く、知恵もある人なのではないか。そうでなければ、学問をして僧侶になるつもりだったという佐三郎と、夫婦などになれないだろう。

(二人はどういう経緯《いきさつ》で、夫婦になったのかしら)

だが、七重は自分たちのことになると、くわしいことを何も語ろうとしない。何か事情があるのだろうと思い、おいちもそれ以上は尋ねなかった。

ただ、その後、颯太に訊《き》いてみたことがある。

「佐三郎さんは、颯太が住んでいた八千代村のお寺にいた人なの？」

そこで、七重と知り合って駆け落ち同然に夫婦になったのかと、勝手に想像したのである。

「いいや、義兄《にい》さんがどこの人なのか、俺も知らないんだ」

と、颯太は答えた。隠しているようには見えなかった。

「颯太も知らないなんて……」

おかしな話ではないか。だが、颯太は続けて言った。

「姉ちゃんは赤ん坊の頃、余所《よそ》にもらわれていったんだ。そんで、十六ん時、突然村に戻ってきたんだけど、そん時には義兄さんと一緒だったんだよ」

「七重姉さんはそれまでどこにいたの？」

「江戸の本郷ってとこだと聞いている」

「なら、佐三郎さんも江戸の人なのかもしれないわね」

「ああ、たぶんそうなんだろうが、姉ちゃんも義兄さんも、あまりしゃべりたがらないんでな」

だから、自分からも訊かないようにしているのだと、颯太は言った。

ならば、おいちとしてもそれ以上詮索するわけにはいかない。

いつか颯太とおいちが大人になれば、七重と佐三郎の方から、話してくれる日もくるだろう。そんなふうに思っていた。

だが、そんな日がくる前に、三人は突然、行方をくらましてしまった。

あれから、一年と少し——。

颯太たちの行方を知る手がかりはまったくない。

（ううん、柳沢さまのお屋敷で見かけた天狗の男——）

だが、あの時の男は、おいちの呼びかけにまったく応じなかった。顔を見たわけでも、声を聞いたわけでもない。

それに引き換え、先ほどの女は横顔も確かに見たし、声も聞いた。

（あの人だけが、今のあたしにはただ一つの手がかり——）

おいちの瞼《まぶた》の裏には、かつて知る七重のなつかしい姿と、先ほど見かけた女客の小袖の団扇文様が、ちらちらと交錯していつまでも消えなかった。

五

同じ日の夕方から、おいち、幸松、おさめの三人は、円乗寺にあるお七の墓の見張りをすることになっていた。墓前のお供え物を盗んでゆく不届き者を調べるためである。

といっても、墓荒らしが真夜中に行われているのであれば、女と子供だけでは見張れない。その場合はあきらめるとして、ひとまず人気《ひとけ》の少なくなる夕方頃から、日が暮れてしばらくの間、夜五つ（午後八時）くらいまで見張りをすることになった。

お絹には、夕方の少し前に墓参りをしてもらい、お供え物を置いてから、ふつうに帰ってもらう。それを見計らって、見張りの者が墓の近くに潜むことにした。

「おぬしら、墓を見張るなぞ、恐ろしいとは思わぬのか」

露寒軒があきれたような眼差しを注いで尋ねたが、おいちもおさめもまったく平気だった。ただ一人、幸松だけが少しうつむきがちになりながら、

「おいら、日が暮れるまでなら何ともないけど……」

と、小さな声で呟き、口ごもってしまう。

「何、気弱なことを言ってるの。幸松、あんた、男でしょう？」

おいちの容赦《ようしゃ》のない励ましの声に、幸松は言い返そうと口を動かしかけたが、それは言葉にはならなかった。完全にうつむいてしまった幸松を横目で見やりながら、

「男子《おのこ》とはいえ、幸松はまだ十歳《とお》。怖いのは当たり前じゃ。そもそも、女子《おなご》のくせに、墓の見張りを何とも思わぬお前たちの方がどうかしておる」

と、露寒軒が言う。

「何を恐れることがあるんですか。だって、お供え物を盗んでいくのは、幽霊でも何でもなくて、ただの悪党なんですよ」

おいちが言うと、おさめもその通りだというように、何度もうなずいた。

「幽霊でないかどうかはまだ分からぬし、悪党であれば、もっと質《たち》が悪いかもしれん。そもそも、お前たちでは悪党を見つけたとしても、捕らえることもできなかろう」

露寒軒から指摘されると、おいちもおさめも言い返せない。

「だったら、そのう、露寒軒さまが……」

おいちが遠慮がちに言い出した言葉を、露寒軒はあっさり遮って、

「わしは夕餉《ゆうげ》の後は、書見をすると決めておる。その貴重な時を無駄なことに費やすことはできん」

と、にべもない様子で言う。

だが、この露寒軒宅において、悪党を捕らえられる者は露寒軒しかいないのだった。

「なら、露寒軒さまはどうしたらいいと思われるんですか」

おいちの問いかけに、露寒軒はおもむろに顎鬚をいじりながら、

「無論、ただの悪党と分かった時は、ひっ捕らえて番屋へ突き出さねばなるまい。されど、

そうと決まったわけでもない。そして、悪党でないならば、放っておけばよいと、わしは思う」

と、答えた。

「放っておけば……」

おいちはそれなり言葉を続けられなかった。そもそも墓荒らしが悪党でないとは、どういう場合を言うのだろう。

だが、露寒軒はそれについては何の説明もせず、ただ、

「まあ、墓荒らしを見つけたとしても、くれぐれも一人で捕まえようなどとはせず、まずは風貌などを見ておくことじゃ。お前たちが余計なことさえしなければ、その者はまた現れるはずだからな」

と、言うにとどめた。

そこで、おいちたちは墓荒らしを見かけても、ひとまずは何もしないこと、また、日暮れ後の見張りは必ず二人ずつで行うことを取り決めた。日暮れ前は、おいちには店があり、おさめには夕餉の仕度があるので、幸松が一人で見張りをすることとし、その後は三人のうち、二人が交替で見張るということにする。

そして、一日目——。

日暮れ前は幸松が、日暮れ後はおいちとおさめが見張りをしたが、この日は何もなかった。

翌日になっても、お絹のお供えした品はそのまま残っていたという。お絹はこの日も墓参りをし、お供え物の一部を取り替えるなどして、帰っていった。

それから、昼七つ（午後四時）頃から日暮れまで、前日のように幸松が見張りをした。

おいちは日暮れまでは、露寒軒の許で代筆の仕事をしている。

異変が起こったのは、そろそろ暮れ六つ（午後六時）になるので、店じまいをしようかという頃のことであった。歌占の客もすでにいなくなっていた。

「おいち姉さんっ！」

幸松が玄関へ入るなり、大声を上げておいちを呼ぶ。おいちは筆を置くと、急いで部屋を飛び出した。

「どうしたの、幸松！」

寺で墓荒らしの悪党と出くわしたのだろうか。

この日は暮れ六つに、おさめが幸松のための握り飯を持って、墓へ出向くことになっていた。それから、夕餉を摂《と》り次第、おいちが墓へ向かって幸松と交替する。だから、幸松はそれまで墓から離れない手はずになっていたのだが……。

「出た……出たんです！」

幸松はここまで走ってきたらしく、草履も脱がぬまま、肩で息をつきながら言った。

「出、出たって、幽霊？　それとも、墓荒らしの方――？」

慌てふためいて、おいちも舌が回らない。

「墓荒らしですよ。決まってるじゃないですか」

幸松の方は少し落ち着いてきたらしく、いつも通りの口調になって答えた。

「どんな奴だったの」

勢い込んでおいちが尋ねると、

「それが……」

幸松は少し困惑した様子で口ごもってしまう。その時、おいちの背後に、騒ぎを聞きつけたおさめがやって来た。

「そういう話ならさ。あっちで落ち着いて聞かせておくれよ。もうお客さんもいないなら、露寒軒さまにもお聞かせした方がいい」

おさめの言葉が聞こえたのか、座敷の方からは、

「ええい、気の利かぬ奴め。さっさと、店じまいの札を掲げてこんか」

という露寒軒の大声が響いてくる。

「そうだわ」

おいちはすぐに草履を履いて、玄関の外へ出ると、引き戸に店じまいを示す札を掲げた。

それから、幸松、おさめと共に露寒軒のいる座敷へ戻り、いつもの席に戻った。

幸松は露寒軒の前に正座をし、おもむろに口を割る。

「お絹さんがお帰りになったのが、今日は昼七つを少し過ぎた頃でした。おいらはお絹さんが帰るのを見届けて、そのまま見張りについていたんです」

幸松の話によれば、それから半刻（約一時間）ほどして一人の若い男が墓にやって来たという。

特に怪しげな様子も見えず、幸松ははじめ、檀家の一人が墓参りに来たのだろうと思った。

「でも、その人、脇目も振らずに、まっすぐお七さんの墓にやって来たんです」

それで、幸松ははっと身構えた。お供え物に手をかけたなら、その顔をしっかりと見覚えておかなければならない。

しかし、その若者はお七の墓の前までやって来ると、両手を合わせて祈り始めたのだという。

「それで、おいら、戸惑っちまって……」

「その男って、お武家風だったの？　それとも、商人《あきんど》ふう――？」

おいちは気が急《せ》くまま、つい幸松の話に割り込んで尋ねた。

幸松は男の風体について話していなかったことに気づくと、申し訳なさそうな表情を浮かべながら、

「お武家風には見えませんでした。といって、格好は商家の手代さんや小僧さんというふうでもなくって――」

と、答えた。だが、その返事も要領を得ない。

「じゃあ、お百姓ふうだったっていうの？」

「いえ、そういうわけでも……」

幸松は相変わらず、はっきりとした物言いができないでいる。

「要するに、格好だけじゃ何をしてる人か、分からなかったってことだね。まあ、日雇いみたいなことしてるのかもしれないし、あるいはちょっとした商家の息子で、働いてないのかもしれない。格好だけで何者か分からないってことは、よくあることだよ」

おさめが幸松を庇《かば》うように口を挟んだ。

「さよう。八百屋お七の墓参りをする男とくれば、己が何者か悟られぬよう、気をつけていることも十分にあり得るしな」

露寒軒も言った。

「あっ、もしかしたら、お七さんが火付けをするほど、恋い焦がれた相手の人ってこともありますよね」

おいちが納得した様子で言うと、今度は幸松が異を唱えた。

「でも、それはないと思います。だって、その人、おいち姉さんと同じか、ちょっと上くらいの齢《とし》に見えましたから――」

「おいちさんよりちょっと上っていえば、まあ二十歳前ってとこだね。お七さんが死んだのが今から十年と少し前だから、いくら何でもお七さんの相方ってことは、ないだろうねえ」

おさめが幸松の意見に同意する。

「で、その人なんですけど、お祈りが終わると、懐から風呂敷を取り出したんです」

幸松が話を元に戻して続ける。

その若者はおもむろに風呂敷を広げると、そこにお絹がお供えしておいたものを、花を除いて一切合財《いっさいがっさい》包み込み、それを手に提《さ》げ、さっと立ち去ろうとしたという。

「やっぱり、そいつ、墓荒らしだったのね」

おいちが憤った口ぶりで言った。

「おいらもそう思ったんですけど、その時は、あまり悪党のように見えなかったもんだから、つい声をかけちまったんです」

「何だって！　墓荒らしに声をかけたって言うのかい？」

おさめが驚いて、体ごと幸松に向き直って大声を上げる。

「へえ。慌ててたもんだから――」

幸松は再び申し訳なさそうな顔になって言った。

「何をされるか分からないじゃないか。いくら悪党っぽく見えなかったからって、善人そうに見える悪党だって、このお江戸には大勢いるんだからね」

おさめは幸松を厳しい口ぶりで叱った。

「……済みません」

「でも、幸松もこうして無事なんですし、結局、その男からは何もされなかったんでしょ」

今度はおいちが幸松を庇うように言う。幸松は救われたように、おいちに目を向けてうなずいた。

「へえ。おいらと目が合ったんですけど、そしたら、その人、そのまま駆け出していってしまいました。でも、あの人の目を見ても、やっぱり、おいらにはあの人が悪党には見えなかったんだけど……」

「そうは言っても、お供え物を盗んだのは確かなんだから、墓荒らしの悪党には間違いないよ」

おさめが憤慨した口ぶりで言い、おいちも同意した。

「まあ、悪党だろうとそうでなかろうと、お前たちがどうこうする問題ではあるまい。このことはお七の母親に伝えて、あとは任せることにすればいいだろう」

最後に、露寒軒が言い、おいちは何となく釈然としない気持ちながらもうなずいた。

「じゃあ、今日はもう、墓の見張りもしなくていいわけだし、あまり遅くならないうちに、三人でお絹さんのところへ行って、今の話を伝えてこよう」

おさめが言い出し、その日、一同は少し早い夕餉を済ませると、そろってお絹の長屋へ向かった。

「そう……。若い男の人がお供え物を――」

幸松の話を聞き終えると、お絹はしみじみした調子で呟いた。

お絹とお妙が二人で暮らす長屋は決して広くない。おいちたちが訪ねた時、夕餉を終えて寛いでいたらしい二人は、驚いた様子で一同を迎えた。

長屋の中に、五人が入ると、板の間は人でいっぱいになる。

膝を付き合わせるように座りながら、幸松は墓で見たことについて、お絹とお妙に説明したのであった。

「幸松さんのような小さい人に、ずいぶん怖い思いをさせちまったんじゃないかねえ」

お絹は申し訳なさそうな目を、幸松に向けて言った。

「いえ、そんなことはありません。でも、おいらが声をかけちまったせいで、あの人はもうお墓へは現れないかもしれない……」

「それで、お供え物を奪《と》られることがなくなるなら、それに越したことはないわよ。でも、お絹さん。このまま見過ごしてしまうわけにはいかないでしょう？　実際、お七さんのお供え物を盗んでいく人がいたわけだし……」

おいちが怒りのこもった口ぶりで、お絹に同意を求めるように言った。しかし、

「でも、その人。お七の墓に手を合わせてくれたんでしょう？　だったら、あたしはお供え物を持ってかれるくらい、どうってことありませんよ」

と、お絹はこだわりのない口調で答えた。

「ええっ、いいんですか。だって、お絹さんが心をこめてお供えした品物を、勝手に持ってっちゃうなんて……」

「その人がどんな魂胆で、お供え物を持ってくのか分からないけれど、お七を供養しようって気があるのは間違いないらしいから……。お七が起こした火事で被害に遭った人はいないはずだけど、もしかしたら、その人は別の火事で誰かを亡くしたのかもしれない。火事のせいで暮らしに困っているのかもしれない。そういう人に、あたしのお供えしたものを役立ててもらえるのなら、お七だって、恨んだりはしないと思うんですよ」

お絹は遠くに思いを馳せるような眼差しをして言った。その心のこもった物言いには、誰も返す言葉がない。

しばらくの間、しんみりとした静寂が続いた。

「あたしがね。おかしなお話を皆さんにしちまったのは、実は、お供え物を持ってってるのが、お七自身なんじゃないかって、変なことを考えちまったせいなんですよ」

不意に、沈黙を破って、お絹が切り出した時、お妙も含めて聞いていた四人は驚愕《きょうがく》の色を浮かべた。

「お七さんって、まさか、お七さんの幽霊ってことですか」

先ほどの露寒軒宅での話を思い出して、おいちが問う。すると、一瞬の間《ま》を置いて、お絹が声を立てて笑い出した。

「嫌ですね。あたしはお七の幽霊なんて、考えたこともありませんよ。だけど、もしかしたら、お七が生きていて、どこかでこっそりあたしのこと見てて、供え物を持ってってるんじゃないかって思っちまったんです」

「お七さんが生きてるって……」

おいちが驚いて声を上げるのと、

「お七姉さんは、磔になったんじゃなかったの？」

と、お妙が母を問いただす声が重なった。

お妙の表情は強張《こわば》っている。だが、そのお妙の深刻な顔に向かって、お絹は優しげな笑みを向けた。

「おかしなことを言っちまって済まなかったね。全部、あたしの勘違いってやつさ。もちろん、お七は鈴《すず》が森《もり》刑場で磔の上、火あぶりになった。刑が行われるのを実際に見てきた人から聞いたんだから間違いない。けどね、あたしも亡くなった亭主も、とてもとても見に行けなかったんだよ。世間さまに対して顔向けできないってのもあったけど、娘が火あぶりにされる有様なんてねえ……」

お絹は声を昂《たか》ぶらせることもなく、穏やかな表情で語り続けた。

今でこそこうして落ち着いているが、お絹の胸に巣食っていた闇の大きさは、おいちたちも知っている。火あぶりという惨《むご》い形で喪《うしな》った娘が、成仏できないでいるのではないかという不安――。世間からの非難を浴びることもあったろう。八百屋を畳み、長屋暮らしに身を落とした末、夫にも先立たれた。そこへつけ入るあくどい輩もいた――。

お妙の力もあり、それを乗り越えたかに見えるお絹だが、子を思う心の闇が完全に晴れたわけではない。

「お七が生きてるなんて……そんなことあるはずないんだよねえ」

誰に聞かせるでもなく、お絹は独り言のようにぽつりと言った。

「なまじっか、亡骸《なきがら》をしっかり見たわけじゃないから、そんなこと考えちまうんだ。まったく愚かな母親だよ、あたしは——。おさめさんもおいちさんも幸松さんも許しておくれ。お妙も、変な話を聞かせて悪かったたね」

お絹は一人ひとりの顔を見ながら、申し訳なさそうに言った。

「そんなこと言っちゃいけませんよ。子故《こゆえ》の闇に迷っちまうのは、親なら誰だって当たり前のことなんだから——」

おさめがお絹を力づけるように言う。おいちも幸松もその言葉に黙ってうなずいていた。

「おっ母さん、それじゃあ、本当にもうこの一件はいいのね。お七姉さんの墓荒らしも、もう調べたり捕まえたりしようって、思っていないのね」

最後に、お妙が念を押すような口ぶりで尋ねると、お絹はしっかりとうなずき返し、

「もういいんだよ」と答えた。

お七の墓からお供え物を奪っていった若い男に、お絹は心当たりがないという。それが誰なのかも確かめるつもりはないということであった。

お絹がそう言うのならば、自分たちが口を出すことではない。おさめのその言葉に従って、おいちも幸松もこの一件からは手を引くことを約束した。

だが、お絹の長屋を辞して、露寒軒宅へ帰る道中、三人の間ではごく自然に墓荒らしの

ことが話題になった。

「やっぱり、ただの小悪党だったのかしらね」

おいちが何気なく問いかけると、

「でも、おいらにはやっぱり、あの人は悪者のようには見えませんでしたけど……」

と、幸松は言った。

「そういえば、露寒軒さまも悪党でなければ、放っておけばいいっておっしゃってましたよね」

おいちはふと思い出して口にした。

「悪党でないなら、どんな理由があってお供え物を持っていくんでしょう。露寒軒さまには何か思い当たることでもおありだったんでしょうか」

「さあねえ。露寒軒さまがお考えになることを、あたしらが知ろうっていうことに無理があると、あたしは思うけどねえ」

おさめからそう言われると、確かにその通りだという気がしてくる。

「そうですね。お絹さんがいいっておっしゃってるんだし、幸松が悪党じゃなかったって言うんだから、あたしもそれを信じることにします」

おいちは言い、夜空を仰いだ。

夏も後半に差しかかった六月の空には、星が明るくひそやかに瞬《またた》いていた。

六

それから一刻（約二時間）ばかりも経《た》った後、幸松が寺で見かけた若い男は、八丁堀のとある謹厳なたたずまいの武家屋敷に入っていった。

この屋敷の当主は甲斐庄正永《まさなが》という。四年前の元禄《げんろく》三（一六九〇）年、父正親《まさちか》の死去と同時に家督を継ぎ、当年三十五――。普請奉行《ふしんぶぎょう》を経て、今は目付《めつけ》の任に就いている。

父正親は南町奉行を数年勤めており、その在任中に死去したのであった。

屋敷の正門脇のくぐり戸を通り抜けた若い男は、表玄関ではなく、建物を迂回《うかい》するように西の方へと向かった。屋敷と廊下でつながっている離れが、裏庭に面して建てられている。

男は庭の敷石を踏んで、庭から離れの縁側へ上がった。音も立てずに障子を開けると、男はすっと中へ消えた。男の所作は、庭に現れてから部屋へ入るまで、ほとんど気配を感じさせぬほど静かなものであった。

その直後、まるで待ち構えていたかのように、傍らの障子が遠慮がちに開いた。中から現れたのは、三十ばかりの小柄な女である。女は縁側を伝って、若い男が入っていった障子の前に膝をつくと、

「颯太」

と、控えめな声で中に呼びかけた。すぐには返事がなかったが、

「帰ったのでしょう?」

続けて女が声をかけると、「ああ」という低い声が聞こえてきた。

「どうぞ」

やや沈んだその声に誘われるように、女は障子を開けて中へ入った。

「……姉さん」

中にいた男――颯太は、姉の七重にやや複雑な表情を向けている。

二人は向かい合う形で座を占めると、

「お寺へ行ってくれたんでしょう? 何かあったの?」

と、七重がいくらか不安そうな表情で口を切った。

颯太はそれには答えず、傍らに置いてあった風呂敷包みを七重の前に差し出した。中には、お七の墓前から持ち出してきた菓子の類《たぐい》が入っている。

風呂敷を広げて、中身を目にするなり、七重の顔に温かな笑みがゆるゆると浮かび上がった。

「ああ、これ。この羊羹《ようかん》はあたしが好きだった本郷のお菓子屋さんのものよ。おっ母さん、ちゃあんと覚えていてくれたんだわ」

七重は、包み紙ごと紐《ひも》で結《ゆ》わえられた羊羹を、目の高さまで持ち上げると、縦にしたり横にしたりしながら、弾んだ声を上げた。

颯太はそんな姉の様子をしばらく黙って見ていたが、やがて、七重が別の紙包みに手を

伸ばそうとした時、

「姉さん」

と、声をかけた。その声は低く、深刻なものをはらんでいる。

七重は目を颯太の方に向けると、紙包みに伸ばしていた手をはっと引っ込めた。

「姉さんのおっ母さんは、姉さんが死んだと思って、それをお供えしてるんだぜ」

「……そうね。はしゃぐようなことじゃなかったわ」

七重は反省した様子で、目を伏せて答える。

「姉さん、忘れないでくれよ。姉さんはこの江戸では、もう死んだ人なんだ。昔の知り合いにだって、顔を見られちゃいけないんだぜ」

颯太はきつい口ぶりで言った。

「それは忘れてないわ。おっ母さんが暮らす本郷には、決して足を向けたりしない。でも、あんたにおっ母さんの様子をこっそり見てきてもらったり、おっ母さんがこのあたしのためにお供えしてくれたものを、持ってきてもらうことくらいは……」

「分かってるさ。姉さんが育ててくれたおっ母さんに、申し訳ないと思ってることも、おっ母さんのことを気にかけていることも――。だから、お供え物をこっそり持ち去るくらいかまわないと、俺も思った。誰がしたのかなんて、分かりゃしない、と――。けど、今日、寺へ行ったら、墓で見張りをしてる餓鬼《がき》がいた。あれは明らかに、八百屋お七の墓を見張ってたんだ」

　颯太は、誰もいないと思っていた墓場の陰から、急に現れ、声をかけてきた少年――幸松の賢そうな顔を思い出して言った。少年は「それは、八百屋お七さんのお墓ですよ。お供え物、持っていっちゃうんですか」と、颯太に声をかけてきた。颯太を咎《とが》めているというより、どうしてそんなことをするのか、その理由を知りたいというような必死さと困惑の混じった表情をしていた。

　颯太は態度にこそ見せなかったが、内心では相当驚いて狼狽《うろた》えており、いったん風呂敷に包んだお供え物を返すこともできず、そのまま無言で立ち去ってしまった。

　あの少年は今頃、一体誰にこの話を報告しているのだろうか。おそらく、誰かのために、あそこで見張りをしていたのだろうが……。

　七重は颯太の話に、色白の顔を蒼ざめさせた。

「その見張っていたっていう子、おっ母さんが今、養っているっていう子かしら」

「違うよ。姉さんのおっ母さんが今、一緒に暮らしているのは、十五、六くらいの娘だって言っただろ。見張ってたのは、十歳《とお》くらいの男の餓鬼だよ」

「……そう。おっ母さんが近所の子にでも頼んだのかしら」

　七重は打って変わったような沈んだ声で尋ねた。

「そうかもしれねえな。けど、何となく目端《めはし》の利きそうな餓鬼だった。まさか、姉さんの秘密を嗅ぎつけるとは思わねえけど、用心した方がいいかもな」

　颯太の言葉に、七重は伏せた目を上げて、しばらく考え続けていたが、やがて蒼い顔のままうなずいた。

「分かったわ。もうこれからは、お供え物は持ってきてくれなくていい。しばらく、おっ母さんの様子を見にゆくこともしないでいいから――」

七重の言葉が終わると、颯太はしばらく無言のままであったが、やがて、意を決した様子で口を開いた。

「なあ、姉さん。しばらくってことは、またほとぼりが冷めたら、おっ母さんの様子を見てきてほしいって、俺に頼むつもりなのか」

七重はすぐには返事をしなかった。それはうなずいたのも同じであった。だが、颯太がそれを避けたがっていることも、七重は分かっていた。

「もう、あのおっ母さんのことは忘れた方がいい。姉さんはもうお七じゃないだろ」

颯太の口から吐き出された言葉が、重く七重の心に沈んでゆく。

お七――それは、かつて七重が呼ばれていた名前であった。本郷の八百屋太郎兵衛《たろべえ》とその妻お絹の娘として、下総の八千代村からもらわれていった娘の――。

太郎兵衛の営む八百屋は、手広く商いをし、裕福だった。お七は八千代村の貧しい百姓家では決して味わうはずのない贅沢《ぜいたく》をさせてもらっていた。

自分が太郎兵衛とお絹の実の娘でないことは知っていたが、特に産みの親を恋しいと思うこともなく、会いたいとも思わなかった。ましてや、自分が生家を出た後に生まれた弟や妹のことなど、頭の中に浮かぶこともなかった。

そんなお七の生きざまが大きく変わったのは、天和《てんな》二年の暮れに起こった大火事であった。火は本郷に近い駒込から発し、お七は養母のお絹と共に、檀家の寺へ避難した。今は、佐三郎と名前を変えている夫——当時は寺小姓だった吉三郎《きちさぶろう》に出会ったのが、その寺であった。

お七は吉三郎に惚《ほ》れ、吉三郎もまた同じ想いを抱いてくれた。その後、お七が建て直された家へ戻り、間もなく他の男の許へ嫁がされる事態となって、お七の恋心は火のごとく燃え上がった。

(頭の中が、吉三郎さんのことでいっぱいになって——。他には何も考えられなかった)

後から思えば、狂っていたとしか思えない心の状態だった。

吉三郎に逢いたくて——その姿をただ一目だけでも見たくて、円乗寺の周辺をうろつき、吉三郎が狼藉《ろうぜき》を受けている姿をたまたま見てしまった。想い人を助けようと一途《いちず》に思いつめた時、お七は火を手にしていたのである。

それがどんな罪で、どんな罰をこうむることになるのか、その瞬間はまったく頭になかった。

——お七は吉三郎のために火付けをし、翌天和三年春の暮れ、鈴が森刑場で火あぶりに処された。

この八百屋お七の事件は当時も騒がれたが、その後、読み本や浄瑠璃《じょうるり》を通して世間に広まった。

お七がなぜ火付けをしたのか、という点は世間でさまざまに取り沙汰《ざた》され、思い思いに脚色されている。

だが、実は火あぶりにされたのは見せかけで、お七は救い出されていた。その手筈《てはず》を整えてくれたのが、お七を裁いた南町奉行の甲斐庄正親であった。

正親は若いお七を何とか助けようと手を回してくれた。お七が十五歳だと言う者がおり、それならば死罪を免ずることができると質《ただ》してくれたのだが、お七は十六歳だと言い切り、処刑を受け容れようとしたのである。

だから、正親は形だけ刑を実行したと見せかけ、お七を助けてくれた。その時、刑場に来ていた吉三郎と共に、江戸を出る手助けをしてくれた。

そして、お七は七重、吉三郎は佐三郎と名を変え、下総のお七の実家へ身を寄せたのである。

だが、これは秘中の秘であった。

すでに、甲斐庄正親が亡くなり、家督もその息子が継いでいる今となってもなお、このことが世に知られれば甲斐庄家は取り潰されることであろう。七重も佐三郎も捕まって、おそらく死罪となるだろうし、七重の両親や兄弟の身も危うくなる。

だから、七重と佐三郎は身を隠して逃げ続けねばならなくなった。

七重の実家の八千代村でしばらく暮らしていたが、ここはお七の実家だと容易に知れる。

また、七重の実家は決して裕福ではなく、百姓仕事のできぬ二人が身を寄せれば迷惑をかけるばかりであった。

　佐三郎は百姓仕事を覚えようと働き出したが、数年で体を壊し、仕事の役には立たなくなった。それで、佐三郎と七重は八千代村を出ることにしたが、この時、七重の両親は颯太を連れていってくれと言った。

　当時、颯太は十一歳で、まともに働けない佐三郎と七重のため、これから働き手となってくれるだろう、と――。佐三郎と七重を追い出すような形となることに、負い目を感じていたのかもしれない。一方で、家を継ぐこともない三男坊を家から出して、口減らしにしようという思惑があったのかもしれない。

　佐三郎と七重は颯太を連れて真間村へ行き、そこで昨年の春まで、六年を過ごした。

「なあ、姉さん」

　黙り込んでしまった七重から、わずかに目をそらすようにして、颯太が声をかけた。

「姉さんはまさか、あの本郷のおっ母さんに、いつか本当のことを話したいって、思ってるんじゃあないだろうな」

　颯太の声は最後になって、少しかすれた。

　七重は驚かなかった。先ほどよりも落ち着いた様子で、顔をしっかり上げると、息を一つ漏らした。

「そんなこと、すっかりあきらめていたはずなんだけど……。こうして江戸に出て、おっ母さんの近くで暮らし始めてしまうと、つい……ね」

七重はぽつりぽつりと、思いを口にした。颯太は七重から目をそらしたまま無言である。

「お父っつぁんも死んじまったっていうし、おっ母さんだってもう五十になる。先もそう長くないんじゃないかって思うと……」

「真間村で探りを入れられて、何もかも捨てて逃げ出した時のことを忘れちまったのか、姉さん！」

突然、颯太は七重の言葉を遮り、叫ぶように言った。

膝に置いた両の拳が固く握られ、小刻みに震えている。

七重の気持ちは分からなくない。だが、落ち着いた暮らしを営んでいた真間村から、急に立ち去らねばならなくなったのは、すべて七重の持つ秘密のせいではないか。

八百屋お七の事件から、確かに十年以上が過ぎた。今さら、お七が生きているのではないかと疑う者もいないだろうし、それをわざわざ捜す者もいるまい。

颯太も七重もそう考えていた。

だが、どういうわけか、真間村に一家のことを探る者が現れた。もともと余所者《よそもの》だった彼らには、あらぬ噂《うわさ》が尾ひれをつけてささやかれた。

もう真間村にはいられない。といって、身を隠せる場所もない。そもそも、七重の一家を探っていた者とは何者なのか。

恐れ、戸惑っていた一家の前に現れたのは、ある武家の家臣を名乗る者だった。すぐに荷造りをして、ついて来るようにと言う。自分の主人が、一家を探っていた相手から守ってくれると、その男は告げた。無論、七重と佐三郎の正体も知っていた。

否《いや》も応もなかった。

颯太はその翌日、おいちと村のはずれで逢う約束を交わしていた。だが、それを守れないと知らせに行くことも許されなかった。

「あんたには……ほんとに済まないことをしたと思っているのよ」

七重はうつむいて言った。

真間村で颯太が思い描いていた夢を奪ってしまったのは、自分のせいだと分かっている。颯太は二度と真間村へ帰ることができず、この先二度とおいちに会うこともないだろう。

それがどれだけ苦しくつらいことか、七重に分からぬはずもなかった。

(恋しい人に逢いたくて逢いたくて、狂ったようになるあのつらい思いを、あたしは颯太に味わわせてしまっている。全部、あたしのせい——)

どう詫《わ》びても、許してもらえることではない。

うなだれて言葉もない姉の様子を見ると、颯太は不意に強張っていた体の力を、一気に抜いた。これ以上、この哀れな姉を責め立てる言葉を吐くことはできない。

あの時、颯太は十七歳だった。姉夫婦と袂《たもと》を分かつつもりであれば、そうすることもできたのだ。

だが、それはできなかった。姉夫婦を守るというその武家の男は、颯太が勝手な行動を取ることを決して許さないだろう。そうなれば、颯太が今度は付け狙われる。また、姉夫婦を守るというその武家が、掌を返して姉夫婦を手にかけるかもしれない。
颯太は七重たちと共に、その武家の家臣に従った。

その武家が甲斐庄正親の息子であり、現当主の正永であると知ったのは、江戸の八丁堀にある屋敷へ足を踏み入れてからである。

「俺たちは甲斐庄の殿さまに助けられなけりゃ、どうなってたか分からないんだ。姉さんは前のおっ母さんに会おうなんて、絶対に思わないでくれ」

颯太は力をなくした声で、低くうめくように言った。七重ももう逆らわなかった。黙ってうなずく姉に向かい、颯太はそれ以上のきつい言葉をかけることができなかった。

その時、ふと、柳沢家の屋敷へ文使いをしたことが思い浮かんだ。同時に、恋しい娘の顔も思い出した。

天狗の面をかぶった颯太を前に、奥方の文を差し出しながら必死に語っていたおいち——。文を受け取ろうと差し出した颯太の手を見るなり、颯太ではないかと叫んできた恋人——。

ほんの一瞬の邂逅《かいこう》において、すぐに自分のことを口にしたおいちに、颯太の心は震えた。それだけ、おいちは常に自分のことを深く想い続けてくれている。

——そうだ。俺は颯太だ！

思わず、声を上げてしまいたくなるのを必死にこらえ、颯太はその場を立ち去らねばならなかった。

その時の出来事については、無論、七重には何も話していない。ただ、

「どうしてもっていうなら、せめて文を託すくらいにしてくれ」

と、颯太は言った。七重もまた、颯太が文使いをしていることを、すぐに思い出したらしい。

「ああ、そういえば、あんたは大奥のお偉いお方の隠し子っていうお嬢さまの許へ、お文を届けていたのよね」

七重は顔を上げて呟いた。話が深刻な問題からそれて、声も少し明るくなっている。

大奥総取締《おおおくそうとりしまり》として、江戸城内から出ることのない右衛門佐《うえもんのすけ》が、隠し子の娘――今は、川越城主柳沢保明《やすあきら》の側室の一人となっている正親町町子の許へ文を書き、それを颯太が届けていたのだった。

無論、颯太は右衛門佐にも町子にも会ったことはない。右衛門佐の書いた文は、その側《そば》に仕える大奥女中の手から甲斐庄正永に託され、正永から颯太に渡されていた。

「そういえば、お嬢さまの方から母君へ、お返しのお文があったのよね」

七重の声には、会えないまでも文でやり取りできる母と娘に対するうらやましさがこもっていた。

「……ああ」

文を託された時の事情には触れず、颯太はうなずいた。

「あたしだって、本郷のおっ母さんにいつか会えるなんて思ってはいないのよ」

七重は寂しげな笑みを口許に浮かべながら呟いた。

「ただ、あたしが生きてるって知れば、おっ母さんの気持ちもきっと軽くなるだろうって思ったの。だったら、それが一番の親孝行なんじゃないかって。考えてもみなかったけれど、文を使えば、会わなくったって、あたしが生きてることをおっ母さんに知らせることができるのよねえ」

七重のしだいに明るくなってゆく表情を見ると、颯太はもう、反対することはできなかった。

「今すぐは無理だけど、文を届けるだけなら、俺がしてやるよ。誰にも気づかれねえように置いてくるだけなら、お手のもんだからさ。けど、万一のことを考えて、姉さんが自分の手で書くとかしないでくれよ。中身もおっ母さんにだけ分かるような書き方で、代筆屋とかに頼んでくれ」

「分かったわ」

七重は晴れ晴れとした顔つきで、素直にうなずいた。

それから「そういえば……」と、何事か言いかけたが、突然思い直した様子で、口を閉ざした。颯太が物問うような目を向けると、「何でもない」とごまかしてしまう。

――そういえば、真間村のおいちさんは、字が上手だったわよね。

そんなことを、颯太の前でやすやすと口にできるはずもなかった。

第二話　一筆啓上

一

真夏の空が青くまぶしい。幸松は露寒軒宅の表へ出て、いったん空を仰ぐと、それから、えいっと勢いをつけるようにして駆け出した。梨の木坂を軽々とした足取りで駆け下りてゆく。向かう先は、人の多く集まる兼康であった。

兼康は乳香散を売る本郷の店で、その商いは大繁盛していた。

おいちと露寒軒、おさめが出会ったのも、その兼康の近くの茶屋だという。

「この辺で、人の集まる所といったら、兼康の店より他にはないよ」

というおさめの言葉に従い、おいちの代筆屋の引き札は、兼康の前で配ることになった。

配り役は、幸松が率先して引き受けた。露寒軒が引き札配りなどするはずもないし、おさめにもおいちにも仕事がある。

「でも、これはあたしの代筆屋の引き札で、あんたは露寒軒さまのお弟子なのに……」

おいちは、露寒軒の弟子である幸松に、私用の仕事を押し付けてはいけないと思っていたようだが、「幸松にやらせるのが最も確かであろう」という露寒軒の鶴の一声で、幸松の仕事と決まった。

引き札配りといっても、木版印刷ではなく手作りなので、それほど枚数があるわけではない。

「一日に、そんなにたくさん配っちまったら、もったいないだろう」

という、これまた、おさめの忠告に従い、取りあえず初日は二十枚持ってゆくことになった。

「いいかい。あたしらが苦労して作った引き札なんだからね。よおく人を見て配るんだよ」

おさめは幸松に言い聞かせた。

「どういうふうに人を見るんですか」

配る相手を選ぶことなど念頭になかった幸松は、率直に尋ねた。

「そりゃあ、お客になってくれそうな人に配るのさ。でなけりゃ、この引き札一枚にかけた金と時が、まったく無駄になっちまうんだよ」

引き札にかけた金と時という言葉は、幸松の心に沁《し》みた。確かに、この引き札は、おいちとおさめの苦労の賜物《たまもの》である。また、小津屋から買った薄様《うすよう》も決して安いものではない。それを、縁もゆかりもない人にただであげてしまおうというのである。おさめが口を酸っぱくして、もったいないと言うのも無理からぬことであった。

「それじゃあ、お客になってくれそうな人は、どうやって見分けたらいいんですか」

幸松は期待のこもった眼差《まなざ》しをおさめに向けた。おさめなら、きっとよい方法を知っているると信じているのである。

だが、おさめはその時、急に口ごもった。

「えっと、それは、そのう……」

目をあちこちに動かしながら、必死に言葉を探しているふうだ。

「あのう、おさめさん」

その時、横合いから割って入ってきたのは、おいちであった。

「引き札っていうのは、無駄になる方が多いんですって。十枚配って、そのうち一人がお客になってくれればよしって、そのくらいに思わなきゃいけないって、美雪さんから言われました」

おいちはその話に納得しているらしく、口ぶりは穏やかでゆとりがあった。

「何だって。それじゃあ、九枚の引き札は無駄だっていうのかい?」

おさめが飛び上がらんばかりの声で言い返す。

「まあ、そうですけれど、十枚のうち一枚はお客を連れてきてくれるんだから、悪い話ではありません。それに、きれいな引き札だって話の種にしてくれれば、店の評判も上がるかもしれないし……」

「そりゃ、そうかもしれないけどさあ」

おさめはいかにももったいないという様子で、幸松が風呂敷に包もうとしていた引き札に、名残惜しげな眼差しを向けている。

「ええい。朝っぱらから、何を下らぬことでやりあっておるのじゃ。紙がもったいないと言うのなら、引き札など配らなければいい」

ついに、露寒軒の雷が落ちた。その直後、

「へえ。行ってまいります！」

幸松はすぐに風呂敷に引き札二十枚を包み込み、露寒軒宅を飛び出してきたのだった。

夏の炎天下で、引き札を配るのはつらい。また、うだるような暑い日中よりも、朝の方が人々の動きもあるだろう。だから、引き札配りは朝から昼前くらいを目途《めど》に済ませることになっていた。

六月四日の今日、幸松は初めての引き札配りに緊張していた。

おいちは、十枚のうち一枚が役に立てばよいと言っていたが、それでも、来てくれそうな人に配った方がよいに決まっている。とはいえ、おさめにさえ、その見極め方は分からぬようであった。

（こんな時、旦那さまが教えてくださったらいいのに……）

ふと露寒軒の顔が思い浮かんだが、一度怒らせてしまった時は、何を言っても無駄だろう。それに、露寒軒は肝心の時にはいつも必要な助言をしてくれる。

今朝、何も言わなかったのは、その必要がないと思っているか、露寒軒でさえ、客になるかならぬか、人を見極める方法は分からないということだろう。

（それじゃあ、誰彼かまわずに配ってしまっていいのかな）

幸松にはそれが悩みだった。まったく制約がないというのも困ってしまう。男か女か、年寄りか若者か。少なくとも、どういう類《たぐい》の者が客になりやすいのか、そのくらいは教えてもらっておくのだった。

（露寒軒さまのお客といったら、若い女子衆だけど……。おいち姉さんのお客は、あんまりいないから分からないな）

だが、おいちの書く文字は女文字である。男の文を女が代筆することもあるが、やはりおいちが書きやすいのは、女客の文だろう。

（なら、女の人に配る方がいいだろうな）

兼康の店の前に到着する頃には、幸松の心はそう決まっていた。

朝餉《あさげ》を終え、ややあってから出てきたので、兼康に着いたのはまだ店開きの前だった。近くの茶屋などは店開きの仕度をしていたし、青菜の棒手《ぼて》振《ふ》りなども通りかかったが、そのような者たちに配っても意味がない。

幸松は、兼康に買い物にやって来る人々が現れるまでのひと時を、引き札を渡す時の口上を考えながら過ごした。

兼康の前を行ったり来たりしながら、ぶらぶらしていたが、誰も幸松を気にするふうはない。

人の行き来が多くなったのは、やはり兼康の店が開いた朝の五つ（午前八時）頃からであった。

幸松は兼康から出てきた客を狙うことにした。だが、見知らぬ人に突然声をかけるというのも、決してたやすいことではない。

意気込んでやって来たわりに、幸松はなかなか声をかけることができなかった。

やっと声をかけられたのは、これと見込んだ女客を五人ほど、黙って見送ってしまってからであったろうか。

最初に声をかけたのは、おいちくらいの若い娘であった。やはり、おいちと同じ年頃だと思えば、あまり緊張しないで話すことができる。

「済みません。本郷は梨の木坂で、代筆屋を営んでおります。御用の折はぜひよろしくお願いいたします」

考えていた口上を述べながら、幸松は引き札を差し出した。

数人の友人と連れ立って兼康へやって来たらしいが、その時、連れたちと少し離れていた娘は、幸松の差し出した引き札に目をやるなり、興味の惹《ひ》かれた様子を見せた。

「あら、何てきれいな紙――。ちょいと見せてちょうだい」

幸松が渡したのは、薄紅色の薄様である。若い娘が好みそうな色合いであった。

白と青の格子縞《こうしじま》の単《ひとえ》を着た娘は、引き札を受け取ると、しげしげと眺めた。

「場所は、ここからそれほど遠くありません。梨の木坂はご存じですか」

幸松は娘が引き札を見ている間も、必死になって言葉を継いだ。そのうち、娘は「あ

ら」と小さな声を上げると、

「ねえ。ここに歌占《うたうら》ってあるけど……」

と、幸松に目を向けて尋ねた。

「はい。梨の木坂の家では、歌占と代筆屋の両方を営んでおります」

幸松の答えを聞くと、娘は合点がいったというようにうなずいた。

「梨の木坂って聞いたことがあると思ったら、あのよく当たるって評判の占いの先生がおられるところね」

「あっ、そうです。歌占をやってる家です」

幸松は懸命に答えた。

「それなら、あたし、前に行ったことがあるわ」

「えっ……？」

娘は引き札を手にしたまま、振り返ると、連れらしい娘たちに声をかけた。

「ねえ、皆さんもこちらへ来て、これをご覧なさいよ」

すると、連れの娘たちがわらわらとこちらへやって来た。

幸松は五、六人の娘たちに、いきなり囲まれてしまった。娘たちは幸松が美しい色の引き札を何枚も持っているのを目ざとく見つけた。彼女らを呼んだ格子縞の娘が、どうやらその紙をもらったらしいと知るや、

「あたしもちょうだい」

「あら、あたしにも——」

と、娘たちは遠慮する様子もなく、次々に手を差し出してくる。

「えっ? は、はい——」

幸松が持ってきた引き札は、薄紅色から薄青色、薄黄色に薄紫色など、数枚ずつ取り揃《そろ》えられている。娘たちは自分が渡されたのと、他の仲間が渡されたのを引き比べ、やれ薄紅色がいいだの、薄紫色に取り換えろだのと、大騒ぎを始めた。

幸松はもうわけが分からなくなり、ただ娘たちの言いなりになるしかなかった。その時はただ夢中で、間違ったことをしているとは思わなかったが、

「あっ、この歌占のお店なら、あたしも行ったわ」

あたしも、あたしも——と、娘たちが一様にうなずき合っているのを見ると、幸松は急に不安に駆られた。

この娘たちは、もう引き札はもらったものだと思い込み、持ち帰ってしまうに違いない。だが、彼女たちは皆、もともと露寒軒の客だったという。となると、この引き札を渡してしまったのは、まさしく無駄だったのではないか。引き札はそもそも新しい客を見つけ出すためのもののはずなのに……。

「それにしても、きれいねえ。歌占の先生からお札を買ったんだけど、あのお札もこんなきれいな紙にしてくれればいいのに……」

後から来た娘たちの中の一人が、溜息《ためいき》を吐《つ》きながら呟《つぶや》いた。

どうやら、この娘たちは露寒軒のお札がきれいな薄様に変わったのは知らないらしい。

「あの、皆さまがいらした時はただの杉原紙《すぎはらがみ》だったかもしれませんが、今のお札はこのようにきれいな紙を使っています。お守りとして持っていただくのにふさわしいお品です」

幸松はすかさず露寒軒のお札を売り込んだ。これには、娘たちが色めき立った。

「そうなの？　それじゃあ、また、占ってもらいに行こうかしら」

初めに、幸松から引き札を受け取った娘が、そう言い出した。他の娘たちも同意するようにうなずいている。

どうやら、露寒軒の客を再び店へ呼び寄せるのに、この引き札は役に立ったようだ。

「あのう、代筆もやっております。どうです、この字。きれいなもんだと思いませんか。この字で代筆いたしますので、どうぞ、お文の方もお申し付けください」

幸松は代筆の方も売り込んだ。

「そうねえ。まあ、確かにきれいな字だけれど……」

と、娘たちの中の一人が、小首をかしげた。

「代筆してもらうくらいなら、自分でお稽古して書くわ。だって、中身とか人に知られたくないものね」

娘たちは、好いた男に付け文をすることでも想像しているのか、きゃあきゃあと艶《つや》っぽい声を上げて騒ぎ出した。

「お文の中身を、誰かに漏らすなどということはいたしません。あの……」

必死に言い訳する幸松の言葉など、もう誰も聞いてはいなかった。その時である。

「そこをおどきなさい」

娘たちの嬌声《きょうせい》とは正反対の、ぴんと張り詰めた女の声が聞こえた。

娘たちの壁に阻《はば》まれて相手の顔は、幸松には見えない。だが、その声だけで幸松は緊張した。

騒いでいた娘たちはぴたりと口を閉ざし、一瞬、不満そうな顔を浮かべながら、声の主の方を見たものの、その後は逆らおうとはせず、体を横へどけた。そうして初めて、幸松は声の主の姿を見た。

齢《とし》の頃は三十代の半ばほどであろうか。地味ななりをしているが、実際はもう少し若いかもしれない。

背は女にしては高い方で、まるで背中に棒でも入れたかのように、背筋はぴんと伸びている。口許《くちもと》はきりりと引き締まり、にこりともしていない。後ろに、女中らしき女を連れた武家の謹厳な奥方と見えた。

相当に身分ある相手と見たからだろう。先ほどまで幸松を囲んでいた若い娘たちは、何か言いがかりをつけられては困ると思ったのか、そそくさと立ち去ってしまった。無論、引き札を幸松に返そうという者は一人もいなかった。

だが、幸松はもう、引き札のことなど気にならなかった。ただ、目の前の武家の女人から、目をそらすことができなかった。

その奥方の顔立ちは気品があり、女人として美しく整っていた。だが、美人だと思う心は幸松には湧《わ》かなかった。美人だから目をそらすことができないのではなく、目をそらせば怒鳴りつけられそうで怖かったのだ。

奥方の放つ気品は、凛々《りり》しすぎた。

眉を剃《そ》っているので人の奥方なのだろうと分かるが、むしろ尼寺からやって来たと言われた方が納得できる。

「歌占に代筆という言葉が聞こえたが、お前はその店の者か」

奥方は瞬《まばた》きもせず、幸松を見つめながら尋ねた。

「は、はい。梨の木坂で代筆屋と歌占を営んでおります」

幸松はただもう逆らえないという気分で、奥方に引き札の一枚を差し出した。

先に受け取ろうとする女中の手を制し、奥方は自分で引き札を受け取った。それから、幸松にとっては息が詰まるような緊張の中で、引き札をじっと読み続けていた。

ややあってから、奥方は引き札から目を上げると、

「この店へ案内いたせ」

と、いきなり言った。それ以上、何も言わない。どんな店なのか尋ねる言葉もなければ、なぜ自分が店へ行くことにしたのか、そのことへの説明もない。

だが、幸松には訊《き》き返すことができなかった。まだ手の中には十枚以上の引き札が残っていたが、それを配り終えていないと訴えることなど、もってのほかであった。

「はい。かしこまりました」

幸松は唯々諾々《いいだくだく》とそう答え、すぐに先に立って歩き出した。

何だか逃げるように小走りで進んだ後、いったん立ち止まって振り返ると、女中を従えた奥方が十歩ほど後ろをついてきていた。一歩一歩まったく同じ歩幅で、姿勢を崩すこともない歩き方である。

別に乱暴な歩き方だとか、大股であるというわけでもないのだが、女らしさとは程遠い姿に見えた。女にしては堂々としすぎているのだ。腰に二刀をさしたら、よく似合いそうである。

この人は、女人ではなく、男の武士に生まれた方がよかったのではないかと、幸松はふと思った。

その時、近付いてくる奥方と、はっきり目が合った。

幸松は途端に背筋をぴんと伸ばすと、慌てて前を向き、再び早足で歩き出した。

二

梨の木坂の露寒軒宅までの道中、幸松は一言も口を利かなかった。ただ早足で歩き続け、奥方と女中が決して遅れることなく、その後に続く。

幸松の足の速さについて、奥方は「無理をしなくていい」とも、「もっとゆるりと行こう」とも言わなかった。ただ、幸松が時折振り返れば、いつでも十歩ほど後ろというまったく同じ位置に奥方はいた。

それで、幸松は慌てて前を向き、振り返っていて遅くなった分を取り戻さねばならない。途中からはもう振り返りもせず、幸松はただひたすら前を見て歩き続けた。

馴染《なじ》み深い梨の木坂が前に見えた時、幸松は重い肩の荷が一気に軽くなったような心地になった。この上は一刻でも早く、この荷をすっかり下ろしてしまいたい。

幸松は坂道に差しかかると、腹に力を入れて、一気に駆け上がっていった。

露寒軒の家の前に着くまでは振り返らず、そこで足を止めて、初めて坂の下を見やった。奥方がまったく顔色も変えず、息を荒くすることもなく、平然と坂道を上ってくる姿が目に入ってきた。

一方、奥方の後からついてくる女中の方は、齢こそ奥方より十歳ばかりも若そうだが、すっかり息を切らしており、坂道の途中で立ち止まり、膝の上に両手をついて、肩を上下させながら息を整えている。

（ふつうの女の人なら、ああなるのが当たり前だろうな）

と、幸松はひそかに胸に呟いた。

奥方のように顔色も変えないのは、ふだんから坂道を上り慣れているか、あるいは、それに近い鍛錬をして日々体を鍛えているか、どちらかだろう。

（それとも、お武家の奥方さまっていうのは、ああいうものなのかな）

武家の奥方にしろ息女にしろ、幸松は身近に見たことがない。だから、それ以上は判断のしようがなかった。

やがて、後から来る女中を置き去りにしたまま、奥方は幸松に続いて、露寒軒宅の前に立った。幸松には目も向けず、しげしげと玄関口とそれに続く小さな庭、それに梨の木に見入っている。

「えっと、ここが代筆屋と歌占をする家なんですが……」

幸松が恐るおそる説明すると、奥方はそんな話など耳に入らぬとでもいう様子で、幸松の話が終わらぬうちにさっさと歩き出した。

「あっ、御用がおありならば、ご案内いたしますよ」

幸松は慌てて奥方の後に続いたが、奥方は足を止める様子もない。奥方は玄関まで続く踏み石を踏みながら引き戸まで進み、自ら手をかけて戸を開けてしまった。

慌てふためいた幸松は、奥方の後ろから、家の中へ向かって声を張り上げた。

「お客さまがおいでになりましたぁ！」

その声を聞けば、座敷にいるおいちが客の出迎えにやって来るだろう。その後はもう、おいちにこの客の対応を任せるしかない。年齢よりは大人びており、自分でもしっかり者だという自覚のある幸松だが、さすがにこの奥方の相手ができるほど、世慣れているわけではなかった。

「はあい」

おいちが、幸松の耳にはのんきそうに聞こえる声を上げて、座敷から出てきた。そして、

奥方の姿とその後ろに佇《たたず》む幸松の姿を見るなり、

「まあ、さっそくお客さまをお連れしてくれたのね」

ぱっと表情を明るくした。

「引き札を配った甲斐《かい》があったというものだわ」

やや小さな声で呟いた後で、客向けのにこやかな笑顔を浮かべると、

「いらっしゃいませ」

と、おいちは弾んだ声を出した。

「今日の御用は代筆でしょうか。それとも、歌占の方でございましょうか」

代筆であってほしいという願いが、声の前半にこもっている。

奥方はおいちを一瞥《いちべつ》すると、

「そなた、何者じゃ」

と、唐突に淡々とした物言いで尋ねた。虚を衝《つ》かれたおいちは、一瞬、きょとんとしたが、

「……あたしは、ここで代筆屋を営むいちという者ですけど……」

と、ようやく気を取り直して答えた。

「ここは、戸田の家ではないのか」

「えっ？　確かに、ここは戸田……露寒軒さまのお宅ですけれど……。あのう、お客さまは一体――」

だが、おいちの問いかけに対して、返事はなかった。

「入りますよ」

奥方はそれだけ言うなり、さっと草履を脱いで中へ上がり、腰をかがめて草履をそろえた後、すっと立ち上がった。そのような当たり前の所作であっても、奥方の動きにはいっさいの無駄がなく、きびきびとして美しかった。おいちも幸松もただぼんやりと、奥方の動きを見つめていた。

おいちがはっと我に返ったのは、奥方がおいちの脇をすり抜けて、廊下へ向かった時であった。その時ちょうど、やっと追いついた女中が玄関口に顔をのぞかせ、

「奥方さまっ！」

と、声をかけた。それはどこか、奥方という烈風に、なぎ倒された草花の悲鳴のように聞こえなくもない。

「そなたはそこで待っておれ」

奥方は振り返りもせずに女中に言い捨てると、そのまま廊下を進んでいった。

「あっ、お待ちください。ただ今、ご案内いたしますから――」

おいちは急いで奥方の後を追いかけたが、奥方はそのおいちの言葉も無視して先へ行ってしまう。そして、躊躇《ためら》うこともなく、いつも客を通す座敷の戸をさっと引き開けた。

中には、戸の正面の位置に、露寒軒が座っている。

「お客人か。歌占の客人であろうな」

露寒軒は代筆の客など、そうそう来るはずもないというい つもの予測で、そんなことを言いながら顔を上げた。

露寒軒と奥方の眼差しが、真正面からかち合った。一瞬の沈黙の後、

「父上っ！」

立ったままの奥方の口から、大いに非難のこもった声が鋭く漏れた。同時に、

「そ、そなたは、凜《りん》では……ないか。何ゆえ、ここへ――」

おいちが聞いたこともない狼狽《うろた》えた声が、露寒軒の口から飛び出してきた。

だが、おいちはそのことにも、ほとんど気が回らなかった。

「えっ！　ええっ！　ち、ちちうえって――」

おいちもまた、奥方の後ろに立ち尽くしたまま、それ以上は何も言えないほど驚いていた。

露寒軒の娘というお凜を前に、露寒軒もおいちも、そして、後から恐るおそるついて来て話を聞いてしまった幸松も、どうしたらいいか分からないでいたところ、

「まあまあ、そんなところに立ち尽くしていないで、ひとまず中へお入りになってくださいよ」

と、柔らかな物言いでお凜に勧めたのは、この家の中で誰よりも世慣れているおさめであった。

おいちが何者か、不審に思ったお凜も、見るからに女中といった様子のおさめには、何の疑念も抱かなかったらしい。素直に、おさめの言葉に従い、座敷へ足を踏み入れた。

続いて、おいちと幸松がおっかなびっくりという様子で後へ続き、おさめが手早くお凜のための座布団を用意して、露寒軒と向かい合うように置いた。

いつもは客の応対に慣れている幸松だが、この時ばかりは、客の座布団を用意することにも頭が回らなかったようである。おいちと幸松は、お凜から目をそらすことができぬまま、ただいつもの習慣に従って、自分たちの席へ座った。

「これはまあ、露寒軒さまのご息女さまでいらっしゃいましたか。お初におめもじいたします。あたしはこちらで女中をさせていただいておりますさめ、そして、あちらが露寒軒さまのお手伝いをしながら代筆屋を営むおいちさんと、露寒軒さまのお弟子の幸松さんです」

おさめはいつもなら、すぐにでも茶の用意をしに行くところであったが、この時は他の三人がろくに口も利けぬようだと察したのだろう、その場に残って、お凜の斜め後ろに座り、頭をしっかりと下げて挨拶した。

お凜は体をおさめの方に向け直し、その挨拶をきちんと聞いている。

おさめがおいちと幸松を紹介した時には、二人の方に目をやり、それぞれうなずいていた。おいちと幸松も慌てて頭を下げる。

「あたしは一年半ほど前、おいちさんと幸松さんはこの春から、ここに住まわせていただいております。あたしたちは皆、身寄りの縁が薄い者たちばかりなんですが、露寒軒さまのご厚情に甘えさせていただいてるんですよ」

おさめの説明は滑らかに続いた。

「さようでしたか」

お凛の口から、すべてを了解した響きの声が漏れた。決して温かみのある声ではなかったが、不審の念も厳しさもそこにはなかった。

「奥方さまにおかれましては、露寒軒さまと積もるお話もございますでしょう。ただ今から、店じまいの札を掲げてまいります。露寒軒さまもおいちさんも、それでよろしゅうございますよね」

おさめがお凛の耳を意識してなのだろう、いつもと違って、よそ行きの言葉で尋ねるのへ、露寒軒は「……うむ」と堅苦しく応じた。おいちは声を出すこともできず、ただ黙ってうなずく。

「ただ今、お茶をお持ちいたします。それから、女中さんは奥のお部屋にお通しして、休んでいただきましょう。おいちさんと幸松さんも、お二人のお話の邪魔になってはいけないから、一緒に奥の方へ……」

おさめがそう言いかけた時であった。

「ならんっ！」

突然、露寒軒の大声が部屋中に響いた。露寒軒の大声には慣れているおいちだが、この時ばかりは、飛び上がるほど驚いた。幸松と、割合落ち着いていたおさめさえも、同じであった。

その中で、ただ一人、お凜だけが眉一つ動かさなかった。

「ならんって、どういうことですか」

おいちが驚きからいちはやく立ち直って尋ねると、

「お前たちもここにいるがよい。おさめも茶の用意なぞ要《い》らぬから、ここにおれ」

と、露寒軒は決めつけるように言う。まるで、お凜と二人きりになるのを恐れてでもいるかのようだ。

だが、お凜がいる前で、それを露寒軒に尋ねるわけにもいかず、おいちと幸松は困ったふうに顔を見合わせるしかなかった。

「それじゃあ、女中さんをあのまま玄関先に立たせておくわけにはいかないですから、あたしは女中さんを別の部屋に通してから、また戻ってまいります」

この時も、おさめが如才なく言って、その場を和らげた。

「世話をかけます」

お凜がおさめに向かって言う。言葉は短いが、おさめの仕事ぶりを認めているのが、声や表情の様子から分かった。

おさめはすぐさまお凜に頭を下げて、部屋を出ていった。玄関で女中と言葉を交わしている様子が伝わってくる。それから、おさめが玄関の戸を開け閉めする音が聞こえた。店を閉める札を掲げているのだろう。

それから、おさめと女中は中へ上がったらしい。

そうした物音や気配のすべてが、しんと静まり返って、誰一人口を利くこともできないでいる座敷の中にはよく聞こえてくるのだった。

（こんな時、おさめさんなら、気の利いたことの一つも言えるんでしょうに……）

それのできない自分が、おいちには情けなかった。

もちろん、露寒軒の娘であるというお凜には、いろいろと聞きたいことが山ほどある。娘がいるということを露寒軒の口から聞いて以来、会ってみたいと、心の中では思っていたのだ。

だが、その登場があまりにも突然であったため、何から尋ねればよいのか、まったく分からない。

（それにしても――）

おいちは重苦しい沈黙の立ちこめる中、何かを口にしてこの場を取り繕おうという気持ちを早々と捨て、ようやく落ち着き始めた目で、お凜の様子をひそかにうかがい見た。

（お嬢さまだって耳にした時は、あんまり吃驚《びっくり》して、何にも思わなかったけど、さすがにお凜さまは露寒軒さまにどこか似ていらっしゃる）

女人でありながら、謹厳で実直そうな雰囲気といい、ただその場にいるだけで、厳しさとすがすがしさが漂ってきそうなところといい、どこか頑固そうなところまで――。

（ううん、似ているというより、露寒軒さまを女人にして、お若くしたら、まさしくこんな感じ――）

そう思って見ると、おいちは不思議と、この初対面の、にこりとも笑わぬお凜という奥方に、言いようのない親しみを感じるのであった。

（でも、大きなお声で怒鳴るところだけは、似ていらっしゃらなければいいけど……）

おいちがそんなことを、こっそり心の中で思っているうちに、おさめが戻ってきた。

「失礼します」

茶の用意など要らぬ、と露寒軒から言われていたが、手際のよいおさめは、お凜と露寒軒の分だけ、茶の仕度を調《ととの》えてきていた。

露寒軒は自分の言葉が無視されたことに気を悪くしているのか、不機嫌そうな顔をしている。だが、おさめの心遣いに対して、文句を言うわけではなかった。

おさめはお凜と露寒軒の前に茶を置くと、先ほどと同じように、お凜の斜め後ろに座を占め、いよいよ父と娘の話が始まるのを待つふうである。もちろん、おいちと幸松も、お凜がこれからどんな話を始めるのか、聞くのを待ちわびている。

だが、お凜は決して焦る様子もなく、落ち着いていた。

おさめの用意した茶を一口、二口ゆっくりと飲み、茶碗を茶托《ちゃたく》に戻してから、居住まいを正して露寒軒をまっすぐに見つめた。

「父上――」

初めの一声よりは、ずいぶんと和らいだ声で、お凜は露寒軒を呼んだ。

「何じゃ」

露寒軒は不機嫌そうに答える。だが、その眼差しはお凜を避けるように、少し横へそれていた。

「何ゆえ、我が子柚太郎《ゆうたろう》の元服の祝いに、おいでくださらなかったのですか」

お凜は一気に言った。声を荒らげているわけではないし、露寒軒のように大声を出すわけでもないが、その声には研ぎ澄まされた刀のような厳しさがあった。

いい加減なお答えは断じて認めませぬ――口に出して言われなくても、お凜がそう言わんとしていることは、おいちにも伝わってきた。

露寒軒とお凜の間に、どんな約束事があったのかは分からない。

だが、お凜の問いかけに対して、露寒軒がどう答えるのか。おいちは固唾《かたず》を飲んで、露寒軒の口許を見つめた。

三

それから、四半刻（三十分）の後――。

同じ座敷では、お凜とおいち、おさめ、幸松の四人が、和やかに談笑していた。初めこそ堅苦しい表情をしていたお凜も、慣れてしまえば笑顔も見せる。露寒軒の前では余計な口をいっさい利かないお凜であったが、おいちたちを相手にしている時には口数も増えた。

そう、この場に露寒軒だけがいない。

お凜から厳しく問いただされた露寒軒は、

「ええい、わしは忙しかったのじゃ。そなたから責められる謂《いわ》れはないっ！」


言い訳することもなく、ただそう怒鳴り返した。

お凜はそれに対して、腹を立てるでもあきれ返るでもなかった。そうした父親の反応は、初めから分かっていたとでもいうように落ち着いていた。

「お忙しいことは重々承知。ゆえに、祝いの日はいついつだと、ふた月も前に文でお知らせしたではありませんか。どんなにお忙しくとも、その日を避けることができなかったわけはございますまい」

「ふんっ。わしが忙しかったことは、この者たちがよう知っておる。この者たちから説明させるゆえ、満足のゆくまで聞いて帰るがよい」

露寒軒はそう言うなり、いきなり立ち上がった。

「父上、お逃げになるおつもりですか」

お凜が鋭い声で言う。

「足腰の鍛錬じゃ」

その言葉は、さすがに誰の耳にも苦しい言い訳にしか聞こえなかった。お凜の口から、ついにあきれ返ったような溜息が漏れる。

「あっ、散策なら、あたしがお供を——」

おさめがその場を和らげるつもりで、続けて立ち上がりかけた。すると、

「ええい、供なぞ要らぬ！」

いつもの怒号が飛んだ。

「おぬしらはわしがいかに忙しかったか、凜によく説き聞かせておけ。そして、それを聞いたら、さっさと帰れ」

最後の言葉は、お凜に向かって言われたものなのだろう。

そして、露寒軒はそのまま座敷の外へ向かって歩き出した。露寒軒が脇を通り抜けるのを待って、その体ごと、露寒軒の方に向き直ったお凜は、

「父上は、柚太郎を愛しいとお思いにならぬのですか」

と、尋ねた。先ほどのような鋭さと厳しさは消え、どこか寂しげな響きを帯びた声であった。

露寒軒の足が止まった。

「何を言うか。孫が愛しくない祖父など、この世にいるはずもなし」

露寒軒が振り返りもせずに答える。

「ならば、何ゆえ柚太郎の晴れ姿を見てやらぬのですか。愛しいとおっしゃるのなら、何を差し置いても来てくださるのが道理でございましょう」

「孫の身に何かあったのなら、何があっても駆けつける。されど、祝いの席なぞ、この隠居が顔を出す意味がどこにある。柚太郎の身が無事で安泰であるなら、何も顔を合わせず

ともよい」

露寒軒はそれだけ言うと、さっさと座敷を出ていってしまった。

「頑固さは相も変わらず……」

露寒軒が立ち去った後、お凜の口から漏れた一言が、お凜とおいち ら三人の間を一気に親しみ深くするきっかけとなった。

「あらまあ、露寒軒さまはお年を召される前も、頑固者だったんですか」

お凜の呟きを耳に留めたおさめが、少しとぼけた様子で言い、

「若い頃は知りませんが、少なくともわたくしが物心ついた頃にはもう、あんなふうでしたよ」

と、お凜が溜息混じりに答えた。おさめとお凜は目を合わせると、互いの顔にあきらめがちの笑みが浮かんでいるのを認め合った。

「三つ子の魂、百まで——とも言いますからね」

ようやくいつもの調子を取り戻した幸松が、分かったふうな口ぶりで言う。

「あんたはそんなことが言えるほど、長く生きちゃあいないでしょ」

さすがにお凜の前で、露寒軒の頑固さについてそんな口を利くのは失礼だと、おいちが幸松をたしなめた。

「あっ、あたしだって、そんなこと言えるほど生きてませんけど……」

慌てておいちが言い添えると、

「おいらが言ったのは、旦那さまから教えていただいた言葉ですよ」

と、幸松が不服そうに言い返す。そのやり取りを見聞きしていたお凜は、

「そなたらは賢い子じゃな」

と、それまでになく感慨深い声を出して言った。

「いやあ、そんな……」

おいちと幸松はそろって照れたが、幸松はまんざらでもない顔つきである。一方、おいちは本心から照れくさかった。

「あたしはいつも、露寒軒さまから愚か者だって叱られてばかりで――」

「おいらはふだんは言われないけど、たまに言われることもあります」

余計なことを言うな――というように、おいちは幸松を肘で小突いた。それでは、まるでおいち一人がとんでもない愚か者だと思われてしまうではないか。確かに、幸松は賢い子ではあるが……。

「いや、何とおっしゃろうが、父上は本物の愚か者と同居などなさいますまい。枝葉《えだは》はどうであろうと、根っこの部分で賢く、また誠実な者でなければ、信用なさらぬお人じゃ。初めは驚いたが、わたくしはそなたたちを選んだ父上の目を信じております」

お凜はおいち、幸松、おさめを順に見つめながら、しっかりとした口ぶりで言った。

「ところで、お凜さま。ご子息の元服のお祝いは、いつのことだったのですか」

おさめが座る位置を幸松の脇へずらして、お凜に尋ねた。

お凜は三人に向き合う形になると、

「三月の十五日のことでした」

と、すらすら答えた。

「あっ、その日は――」

おいちの脳裡《のうり》に、その日、代筆屋の客となってくれたお妙とその養母お絹の顔がよぎっていった。お絹を騙して金を奪っていた三五郎《さんごろう》という悪党を呼び出し、露寒軒が脅しつけて、母子の憂いを払った当日である。

おさめと幸松も、おいちと同時に、その日のことを思い出したらしい。

それで、おいちたちは口々に、その時の事情をお凜に説明した。

「そうでしたか。そんなことが……」

お凜は思慮深そうな様子で呟いた。その後、「父上らしい……」という言葉が、どこか力なくお凜の口から漏れた。

もちろん、露寒軒の行動は正しく、娘であるお凜は誇らしいだろう。

だが、我が子の晴れ姿を見てほしかったという母の心が、それで消え去るというものでもなかった。

「でも、あの悪党を呼び出すなら、別の日でもよかったわけで――。まったく露寒軒さまも水臭い。それとおっしゃってくだされば、あたしらだって、無い知恵をしぼって、露寒軒さまがお孫さまの晴れ姿を御覧になれるよう、考えましたのに……」

おさめがお凜の味方をするような口ぶりで言った。おさめは決して、お凜の前だから気を遣っているというわけでも、お凜の機嫌を取ろうとして言っているわけでもない。おさめの脳裡には、おそらく我が子仙太郎《せんたろう》の姿がある。幼い頃に離れ離れになり、今では時折会えるようになったものの、晴れの場に母親として出ることを決して許されない悲しみを、おさめは常に抱えているのだと、おいちは思った。

「そうですよ。露寒軒さまときたら、ご自分のことは何も話してくださらないんだから……」

どこかしんみりしてしまったおさめに代わって、おいちが少し憤った口ぶりで言うと、

「そうでしたか。父上はそなたたちに何もおっしゃらず……」

お凜はそう呟いた後、少し考え込むように沈黙した。ややあって、

「戸田の家が今、どうなっているか、知っていますか」

と、お凜は率直な口ぶりで、おいちたちに尋ねた。

おいちは露寒軒の弟子であった扶《たすく》の口を通して、露寒軒の実家渡辺家が名門であること、露寒軒の父が主人である駿河大納言徳川忠長《ただなが》の失脚によって蟄居《ちっきょ》の処分を受けたこと、その後、露寒軒が譜代大名本多家の家臣である戸田家の養子に入ったことを聞いている。それらのことは、おさめと幸松にも話してあった。

だが、今の戸田家がどうなっているのか、それは扶も口にしていなかった。

三人が分かっているのは、露寒軒が息子を一人亡くしているということ、そして、男勝

りの娘がいるということだけである。その男勝りの娘というのが、このお凜であることに間違いはないだろう。

他に、露寒軒の子供がいるのか、そして、肝心の妻はどうしているのか、それらについて露寒軒が話してくれたことはなかった。

そうしたことを、おいちらから聞いたお凜は、一つ静かにうなずくと、改まった様子で口を開いた。

「戸田の本家は今、わたくしの弟が継ぎ、本多さまにお仕えしています。わたくしもまた、婿を取って戸田の分家を立てました。わたくしの夫は、親族の旗本渡辺家の家臣、戸田弥《や》三郎《さぶろう》といいます」

おいちたちにくわしいことは分からないが、お凜の一家は旗本の家臣なので、ずっと江戸暮らしをしているのだろう。ならば、露寒軒と同居することは、決して難しいことではないはずだ。ましてや、お凜の夫が戸田家の養子であるのならば、なおのこと、露寒軒は戸田の家で大事にされなければならない。

(それなのに、どうして露寒軒さまはこのような仮住まいを……?)

だが、そのおいちの疑問に対しては、お凜も答えてはくれなかった。その代わりというわけでもないだろうが、

「そうじゃ」

と、突然、お凜はよいことを思いついたというふうに、それまでになく高い声を出した。

「そなたたち。これから、わたくしの屋敷へ参りませぬか」

「ええっ！」

おいちたちはそろって、驚きの声を上げた。

「我が屋敷は三河島《みかわしま》にある。なに、同じ江戸のうちじゃ。それほど遠いわけでもない」

お凜は今すぐにでも立ち上がりかねない物言いである。

「ですが、露寒軒さまはお出かけになったままですし、このまま三人とも出ていってしまうのは……」

「かまいますまい。父上は話の途中で、勝手にさっさと退席なさってしまわれたのじゃ。それに、書き置きを残していけば心配なさることもないでしょう。何なら、わたくしが書きましょうか」

お凜が露寒軒の机の上の筆に目を向けたので、おさめが慌てて言う。

「いえ、このおいちさんは代筆屋なんですから、そういう仕事はこの人にお任せくだされぱいいんですよ。でも、本当にあたしらがそろって突然、お邪魔したりしていいんでしょうかねえ」

「気遣いならば無用です。それに、そなたたちには母上や柚太郎に直《じか》に会ってもらいたい。また、二人のことを父上のお耳に入れ、少しでも屋敷に足を向けるよう、勧めてもらえたらありがたく思います」

「そういうことのお力になるのは、たやすいことですよ」

おさめは力強く請け合った。

「あのう、お凜さまの母上さまって、そのう、露寒軒さまの奥方さまっていうことですよね」

おいちはそのことが気にかかって、二人の話に割って入った。

「無論じゃ。母上はわたくしどもの屋敷に同居しておられる」

「参りましょう、おさめさん！」

おいちは有無を言わせぬ口調で、おさめに言った。

「あたしたち、奥方さまにはご挨拶する義理があると思うんです」

「そ、そりゃあ、道理だよね。あたしたちは皆、露寒軒さまのお世話になってるんだし……」

おさめは気を呑《の》まれたようにうなずいた後、自分に言い聞かせるように言った。

「そうですよ。ご挨拶して、しっかりとこれまでの御礼を申し上げなくっちゃ――」

それに――と、おいちはおさめだけに、そっと意味ありげな目を向けた。

（露寒軒さまの奥方さま、どんなお方なのか、拝見したい！）

おいちの思いは、おさめもまったく同じだったようだ。幸松に目を向けると、こちらも目をきらきらと輝かせている。

「お凜さま」

三人はそろって、お凜の前に頭を下げた。

「ぜひとも、お屋敷にお邪魔させてくださいませ」

意気を合わせた三人の態度に、その内心の思いまで読み取ったのかどうか、

「分かりました。では、すぐに参りましょう」

と、お凜ははきはきした口ぶりで言った。

おいちは即座に近くの杉原紙に、「お凜さまの屋敷に参り候」としたため、さめ、いち、幸松と自分たちの名を記した。それを露寒軒の机の上に置いてから立ち上がる。

お凜の女中も含め、一同はそろって梨の木坂の家を出た。

(露寒軒さまの奥方さまって、一体、どんな方なのかしら)

おいちは胸をどきどきさせながら、三河島へ向かうお凜の背に続いて歩いた。

四

三河島にある戸田家の屋敷は、付近に立ち並ぶ多くの武家屋敷と似たようなつくりであった。露寒軒が今、暮らしている借り家に比べれば広いが、柳沢家の豪勢な屋敷を知るおいちの目には、ずいぶんこぢんまりとして見えた。同じ武家といってもずいぶんと差があるものなのだと、思わずにはいられない。

しかし、露寒軒は養子に出たとはいえ、その実家である渡辺家は、あの柳沢家と同じような立場だったのだ。そのことを思うと、おいちは何となくわだかまりを覚えたし、お凜の前で柳沢家でよくしてもらったことを口に出すのははばかられた。

お凜とお付きの女中が、玄関口に立つと、気配を察したらしい女中が出迎えに現れた。

「お帰りなさいませ、奥方さま」

青鈍色《あおにびいろ》の無地の小袖を着た四十ほどの女中は、丁寧に頭を下げて言った。にこりともせず、余計な口も利かぬその様子は、いかにも謹厳な武家の奥女中という風情である。

「柚太郎はどこにいます」

お凜も余計なことはいっさい口にせずに尋ねた。

「はい。先ほどまでお部屋で書見をしておられたようですが、ただいまはお庭で素振《すぶ》りをなさっておられるか、と――」

女中の言葉に、お凜は少しばかり眉をひそめた。

「また、剣術より読書の方を先にして――。朝は体を動かしなさいと、あれほど言い聞かせたのに……」

お凜の声は独り言にしては大きくて、その場にいた誰の耳にもはっきりと聞こえた。

「お言葉ですが、奥方さま。柚太郎さまはそのお言葉に従って、朝が終わらぬうちに――と、慌ててお稽古に出ていかれたのでございます」

女中がしずしずと答えた。淡々としたその声は、別に柚太郎の味方をしているというわけではなく、ただ単に事実を報告しているだけなのだろう。

昼の九つ（正午）より前を朝と考え、それの終わらぬうちに、ともかく稽古をしてしまおう。それをしないと、母上がまたうるさいから――柚太郎の考えとは、そのようなところではないか。

そう想像すると、おいちは思わずくすりと笑い出しそうになり、必死にそれをこらえねばならなかった。

「柚太郎さまに御用でしたら、お呼びしてまいりましょうか」

女中が気を利かせて言う。

お凜は少し迷うように、口をつぐんでいた。

「あのう、それでしたら――」

お凜の背後から、おさめが遠慮がちに声をかけた。

「お稽古を半ばでやめていただくのも申し訳ありませんし、あたしたちは露寒軒さまのお孫さまのお姿を拝見できれば、それでいいのですから、何でしたら、お稽古のお姿を陰ながらこっそりうかがうだけでも……」

その方が、改まって堅苦しい挨拶を交わし合うより、ずっと生き生きした孫の生活ぶりを、露寒軒に話してやることができるだろう――おさめとしてはそのような心づもりで言い出したのだが、お凜はそれを聞くなり、ほとんど迷いもせずに断を下した。

「では、そなたたちには庭へ回ってもらいましょう。広い庭ではありませんが、柚太郎はいつもそこで素振りの稽古をしております。その勇ましく凜々《りり》しい武者ぶりをとくと見て、父上のお耳に入れておくれ」

「はい、かしこまりました」

いた。

おいちとおさめは声をそろえて言った。

お凛に仕える女中二人だけが、年輩の方も若い方も、少しばかり複雑な表情を浮かべていた。

「柚太郎さまっておっしゃるのよね。どんな方なのかしら」

お凛の後について、建物をぐるりと回り裏庭へ赴く間、おいちとおさめはこっそりと言葉を交わした。お凛との間は少し距離を置き、話を聞かれぬように声を低くしている。

「元服をなさったばかりなんだよね。となると、お齢《とし》の頃は十歳より少し上といったところかねえ」

「あの露寒軒さまのお孫さまだもの。そのお齢でも、きっと難しいご本をすらすらお読みになるんでしょうね」

おいちは、露寒軒のように賢く、お凛のように凛々しい少年の姿を想像しながら呟いた。

「おいら、柚太郎さまのお気に召すでしょうか」

幸松は柚太郎から嫌われないだろうかと、それが気になるらしい。

「きっとお気に召していただけるわよ。あんたは賢い子だもの。柚太郎さまみたいに賢いお方とは、きっと話が合うわ」

おいちはまだ会ってもいない柚太郎の人柄を勝手に決めつけて、安請け合いをした。

「そうかな」

幸松の方も、おいちの言葉を信じてしまったらしく、嬉《うれ》しそうである。

そうするうち、「やあっ」とやや高い掛け声が聞こえてきた。柚太郎が素振りをしながら、発している声のようだ。

雄々しく勇ましい声というほどではないが、若々しく生真面目《きまじめ》そうな声である。

おいちたちはおしゃべりをやめ、お凜との間に開いてしまった距離を埋めるべく、少し早足で声のする方へ近付いていった。

やがて、十二、三歳ほどと思われる少年の姿が、おいちたちの前方に現れた。顔つきにまだ幼さが残っているが、幸松よりもずいぶんと背は高い。そのせいか、痩せ気味の体つきはほっそりとして見えた。

少年はお凜の姿に気づくと、「母上、お帰りでございましたか」と折り目正しく頭を下げた。たすき掛けにしている白い紐が、夏の日差しにまぶしく輝いている。額に浮かべた汗はとてもさわやかだった。

（あら、露寒軒さまにはあまり似ておられないかしら）

老いてもなお頑健で屈強な露寒軒とは、正反対のようだ。また、露寒軒とお凜は男女の違いこそあれ、その謹厳で実直そうな顔立ちが似ていたが、柚太郎は二人とは違い、優しげな風情がある。

（もしかしたら、お凜さまの旦那さまの方に似られたのかもしれない）

そんなことを思いながら、おいちはひそかに柚太郎の様子をうかがっていた。

「柚太郎、こちらは本郷に住まうそなたの祖父君の家に、寄宿している方々です」

お凛は柚太郎に、おいちたちを紹介した。

「さめと申します」

「いちです」

「お、おいらは幸松といいます」

緊張しているらしい幸松が、少しつっかえたが、三人はそれぞれ柚太郎に挨拶した。

「私は戸田柚太郎と申します。お祖父《じい》さまをよろしくお願いいたします」

柚太郎はにこやかな笑みを浮かべ、三人を相手にきちんと頭を下げた。相手を身分の低い者と見て侮るようなところは一片もない。幼い幸松に向けられた眼差しも、親しげで温かかった。

「この者たちは、そなたの様子を祖父君にお伝えしようと、こちらへ参ったのです。それゆえ、これより、そなたの剣術の稽古のほどをお見せせねばならぬ」

お凛がもう決まったことのように告げた。

「……は、はい」

柚太郎の顔から笑みが消え失せ、たちまち緊張が走った。

「素振りでよろしいのでしょうか」

柚太郎の言葉に、お凛は少し考えた末、「いや」と首を横に振った。

「それでは物足りない。わたくしが相手をいたすゆえ、そなたはわたくしにかかってまいれ」

「えっ、母上に……？」

柚太郎が顔を強張らせて訊き返した。

「さよう。そなたは木刀をもう一本、用意してきなさい」

お凜がそう命じると、柚太郎はもう何も訊き返そうとはせず、黙って駆け出してゆき、やがて、新しい木刀を持って戻ってきた。

お凜は外歩きのための小袖を着ており、着替えてもいない。

「あのう、お凜さま。そのお姿で剣術のお相手をなさるのですか」

武家の女人なら、多少武術の心得があるのは不思議でないにしても、袴《はかま》を着けもせず、襷《たすき》もせず、剣術をするのは危なくないのか。そう尋ねたおさめの言葉に、お凜は大丈夫だとあっさり答えた。

「わたくしとて、まだまだ柚太郎に遅れは取りませぬ」

お凜は言い、そのままの姿で柚太郎から木刀を受け取った。

おいちたち三人は、二人の間合いに入らぬ場所へ逃れ、二人の試合を見守ることになった。

「何だか、おいら。どきどきしてきました」

幸松が柚太郎から目をそらしもせず、緊張した声で言う。

「どきどきすることもないでしょう。ただ、親子で打ち合ってみせてくださるだけよ」

おいちは幸松の様子を笑ったが、おさめは「いいや」と首を横に振った。

「お凜さまは、おそらくそんな形ばかりの打ち合いで、納得なさるようなお方じゃないよ。きっと、本気でかかってくるようにと、柚太郎さまにご命じになるよ」

おさめがそう口にした直後、

「柚太郎、遠慮は要らぬ。この母を敵《かたき》と思い、本気で倒しにまいるがよい」

ぴんと張ったお凜の声が、庭中に響いた。

「あら、ほんとだわ」

おさめの慧眼《けいがん》には頭が下がる。

「だからさ。万一にも、柚太郎さまが恥をかかないように、お凜さまはあんな格好で相手をなさるんだと思うよ」

「そうか。お凜さまって、何となく強そうだものね」

おいちは納得してうなずいた。

「でも、柚太郎さまだってお強いと思います」

同年代の柚太郎の味方をしたいのか、幸松がいつになくむきになった様子で言う。

「そりゃあもちろんよ。あの露寒軒さまのお孫さまで、お凜さまのご子息なんだもの」

おいちも大いに同意して、うなずいてみせた。

露寒軒が悪党どもを見事な杖《つえ》さばきで、やっつけた時の勇姿は目に焼き付いている。

（きっと、柚太郎さまもその血を引いて――）

やがて、柚太郎は木刀を正眼《せいがん》にかまえて立った。一方、お凜の方は木刀を右手のみでかまえ、体をやや横向きにしながら、顔だけは正面から柚太郎に向けている。

「やあっ！」

かかってまいれ、とお凜に言われた言葉のままに、柚太郎の方から先に気合を発して打ちかかっていった。

（すごい。本気なんだわ）

その必死さと熱気が、肌にさすほどにびりびりと伝わってくる。

おいちは息を呑んだ。

（きっと、柚太郎さまは露寒軒さまのように――）

こぉん――と音を立てて、二本の木刀が打ち合うところまでは、おいちにも見ることができた。だが、その後は、木刀の動きが速すぎて、何が起こったのか、まるで分からなかった。

気づいた時には、木刀が一本だけ地面に転がっていた。

木刀を手にしているのは、先ほどとほとんど同じ位置に立つお凜の方であった。

柚太郎は茫然《ぼうぜん》とした様子で、その場に立ち尽くしている。

（柚太郎さまは露寒軒さまのように――）

強くはなかった……。

おいちもおさめも幸松も、柚太郎にかける言葉は持たなかった。

五

――これからは朝餉の後、すぐに書見をすることを禁じます。先に、素振りを三百回おやりなさい。

一方的にそれだけ告げると、お凜はうな垂れる息子をその場に残したまま、おいちたちを建物の中に引き連れていった。

「あのう、柚太郎さまは……」

おいちは気になって尋ねたが、

「放っておけばよいのです」

お凜は冷たく言い捨てた。

幸松が激しい目をお凜に向けて、何か言いかけようとするのを、おいちは必死に止めた。お凜に対して抗議するなど無礼極まりないし、柚太郎の耳に入るところでは何も言うべきではない。かえって柚太郎を傷つけてしまうだけだ。

そんなおいちの気持ちが分かったのだろう、幸松はお凜に物申すのは思いとどまったが、建物の方へ向かう間、何度も柚太郎の方を振り返っていた。

先ほど入った玄関口へ戻り、そこから客室に案内された三人は、お凜と共にそこに座した。先ほど出迎えに出た女中が、茶を運んできた。

「柚太郎の軟弱ぶりにも困ったものです」

お凜は三人に聞かせるでもなく、溜息混じりに呟いた。

「お凜さまを打ち負かせないからといって、軟弱だと決めつけるのはどうかと思いますが……」

やんわりとした口ぶりで、自分の意見を述べた後で、おさめは、

「柚太郎さまは、露寒軒さまにはあまり似ておられないようでございますね」

と、続けて言った。お凜は逆らわずうなずいた。

「さよう。わたくしは父上に似ているとよう言われましたが、柚太郎は父上にもわたくしにも似ておりませぬ。といって、夫に似たというわけでもない」

お凜はあらぬところを見つめながら、自分の胸の内を探るような調子でぼんやりと言った。

「では、どなたに似ておられるのでございましょう」

おさめがすかさず尋ねた。お凜は引きずられるようにして、再び口を開く。

「そう。あの子は……兄上に似ているのです。顔立ちも性質も、何から何まで――」

「お凜さまの兄上さま――？　もしかして、露寒軒さまのお亡くなりになったっていうご子息のことですか」

おいちの脳裡《のうり》に、東陽寺《とうようじ》の歌碑が浮かび上がった。亡くなった我が子を悼む露寒軒の歌――。

風の音苔《こけ》の雫《しずく》も天地《あめつち》の　絶えぬ御法《みのり》の手向けにはして

そして、露寒軒が呟いていた言葉――。

――わしの息子は、齢《よわい》十八にして亡くなった。

――あれは、まこと、菩薩《ぼさつ》に生まれ変わるような者じゃ。

そのどれもが、亡くなった息子をいかに露寒軒が愛していたか、それをおいちに教えてくれた。

だが、露寒軒はおいちたちの前でそれを表さない。おいちも慰めることができない。露寒軒の心の痛みを思いながら作った「恋し撫子《なでしこ》」の歌も、今はまだ、露寒軒の前で口にすることができなかった。

(少しでも、露寒軒さまのお心に寄り添えれば――って、思うのに――)

何もできない自分が、おいちはもどかしかった。

「わたくしの兄は伊右衛門《いえもん》といいました。心優しく、学問に秀で、歌を詠《よ》むのが巧みで、武芸にはとんと無頓着で……」

お凜は問われもせぬことまで語り出した。その眼差しはどこか虚《うつ》ろで、おいちたちには一度も向けられない。

「わたくしは兄上のそんなところが歯がゆかった。されど、父上は決して兄上の軟弱なところを直そうとはなさらなかった。まるで伊右衛門はそれでよい、とでもいうかのように

――。それよりも、兄上が歌詠みとして優れていることが、たいそうご自慢でいらっしゃった。だから、わたくしは思ったのです。兄上の代わりに、わたくしが強くならなくてはいけない、と――」

「お凜さま……」

おさめの口から、気がかりそうな声が漏れる。だが、お凜はおさめの呼びかけに応じようとはしなかった。

「父上が柚太郎を遠ざけるのは、あの子を見れば、兄上を思い出すからに他なりませぬ。だから、父上は柚太郎をまともに御覧になろうとさえなさらない。わたくしはただ、父上に早く立ち直っていただきたいだけなのに……」

露寒軒の心の闇――それは、おいちにもおさめにも幸松にも、これまではっきりとは分からなかった。

だが、お凜のこの戸惑いぶりを見ていれば、露寒軒の闇の深さが分かる。そして、その闇が、お凜や柚太郎の心までも暗くしているということが――。

「――人の親の心は闇にあらねども……子を思ふ道にまどひぬるかな」

おさめがふっと思い出したという様子で、一首の歌を口ずさんだ。おさめが歌を口ずさんだところなど、おいちはこれまで聞いたことがない。

だが、この歌には聞き覚えがあった。

お凜もまた、はっとした様子で、目をおさめの方に向ける。

「いえね、お恥ずかしい。あたしは歌のことなんて何一つ分かりゃしないんですよ。だけど、この歌だけはしっかり覚えちまいました。あたしが露寒軒さまの歌占で引いた歌でしたからね。意味も露寒軒さまから教えていただきました。けど、露寒軒さまご自身にも、子故の闇っていうものがおありだったんですねえ。あたしは露寒軒さまの手で、その闇から救っていただいたっていうのに、何もできないのが切なくってねえ」

おさめが最後は涙ぐみながら、口惜《くや》しそうに言う。

「父上がそなたを闇から救った……？」

お凜が不審げな眼差しを、おさめに向けた。

「それはですね。このおいちさんも関わっている話なんです」

おさめはそう前置きした上で、露寒軒が文面を考え、おいちが代筆してくれた文を、離れ離れの息子に送った時のことを手短に説明した。その文がきっかけで、自分のことを親戚のおばさんとしか認識していなかった息子が、産みの母であることを思い出してくれた、と――。

「そうじゃ。そなたは代筆屋であったな」

おさめの話を聞き終えるなり、お凜は思い出したように、おいちに目を向けて尋ねた。

そのお凜の目がどことなく異様とも言える強い光を宿している。

「は、はい。そうですが……」

「ならば、いかなる文でも書いてくれるのじゃな」

「それは、あたしに書けるものでしたら――」

おいちがお凜の勢いに、やや気圧《けお》されたふうにうなずくと、

「頼みたいのは亡き兄上からの文じゃ」

お凜はすかさず告げた。

「えっ！　亡くなった方のお文ですか」

おいちには何が何だかわけが分からない。だが、お凜の表情は真剣そのものだった。

「もう自分のことにこだわらず、前を向いて生きてほしいと、兄上のお言葉で父上に申し上げてほしい。兄上のお言葉であれば、父上はきっとお聞き届けになるはず」

「でも、亡き人からのお文って、さすがに無理があるんじゃ――。偽物だってことに、露寒軒さまが気づかぬはずがありませんよ」

おいちは不安を口にした。悪戯《いたずら》だと思われるのならまだいい。それで、露寒軒が怒り出したとしても、まだましだ。もしもその偽物の文によって、露寒軒がいっそう傷つくようなことになれば、取り返しがつかなくなる。

「偽物でいいんじゃないでしょうか」

その時、発言したのは、それまで黙っていた幸松であった。

「もちろん、本物だなんて露寒軒さまもお信じにはならないと思います。だけど、この世に生きている誰かが、そうまでして、露寒軒さまのお心を動かそうとしているってことがお分かりになれば、露寒軒さまはきっとそのお心を汲《く》んでくださると思います。もちろん、

その偽物のお文を依頼したのが奥方さまだってことは、すぐに露寒軒さまにはお分かりになるでしょうしね」

「なるほど。つまり、お凜さまはそれを承知の上で、亡き伊右衛門さまからのお文をこしらえてほしいってことですね」

幸松の言葉に納得した様子のおさめが、お凜に同意を求めた。

「さよう。そなたはまことに賢い童《わらわ》じゃな」

お凜は幸松に対し、感嘆の眼差しを向けた。幸松は嬉しげに頬を火照《ほて》らせ、少し恥ずかしそうにうつむいた。その後、

「兄上が書いたものならば、わたくしが持っているゆえ、それを見本にしてほしい」

お凜はもう決まったことのように、おいちに言った。

おいちにとって、これまで何本かの代筆はしたが、筆跡を真似《まね》るということまではしたことがない。そのことだけでも、おいちは二つ返事で引き受けるのを躊躇っていた。

また、幸松が言うことももっともだと思うし、お凜の必死さも分からぬわけではない。

だが、このお凜の依頼を本当に引き受けてよいのだろうか。どうしてそう躊躇うのか、自分でもうまく言葉にならないが、おいちはお凜にとっても、それがよいこととは思えなかった。

「あのう、あたし、やっぱり……お凜さまのお申し出、お引き受けはできません」

おいちはその場に深く頭を下げると、思い切って言った。

「何ゆえです！」

お凜の咎め立てるような鋭い声に、「どうしてさ、おいちさん」というおさめの声が重なった。おさめの声にも、非難の響きがこめられている。おいちは顔を上げられなかった。

その時である。

「これ、凜や」

部屋の襖《ふすま》が開くと同時に、しとやかな女人の声が皆の頭上を吹き抜けていった。四人は同時に顔を上げ、襖の方に目を向けた。

「母上――」

お凜が驚いた声を上げる。

「お客人が困っているではないか。そのように無理強いするものではありませんよ」

女人がお凜をたしなめるように続けて言う。

「わたくしはただ、代筆の仕事を依頼していただけでございます」

お凜は憮然《ぶぜん》とした様子で言い返した。

お凜の母――つまり、露寒軒の妻である女人は、すでに尼僧《にそう》であった。真っ白の清潔そうな尼頭巾《あまずきん》をかぶり、ゆるやかな笑みをたたえたその佇《たたず》まいは、齢の読めぬ静謐《せいひつ》な美しさを保っている。

露寒軒と同年代の落ち着いた老女と見れば見えたし、頭巾や法服を除いてしまえば、そのきらきらした両眼は瑞々《みずみず》しい少女のもののようにも見えた。

色白で小柄な尼は、おいちの目にもかわいらしい女人であった。

「貞林尼《ていりんに》といいます。今はこの人たちの家に居候《いそうろう》しているのですよ」

ほほほっと手を口に当てて、上品に笑いながら、貞林尼は秘密を打ち明けるように言った。

「凜よ、そなたはあの頑固な父上から、また気に食わぬあしらい方をされて、気が立っているのでしょう。お客人たちを相手に、困ったことを押し付けるより、少し風にでも当たって、頭を冷やしてまいりなさい」

貞林尼の声は優しいが、そこには有無を言わせぬ強さがある。そして、それはお凜にも効果を発揮した。

お凜は何も言い返さず、そのまま貞林尼の脇をすり抜けて、部屋を出ていった。その姿が見えなくなると、

「あなたは名を何というのですか」

貞林尼はおさめに目を向けて尋ねた。おさめがかしこまった様子で名乗ると、

「相済まぬが、お凜の後を追って様子を見てきてはくれませせぬか。この年寄りや、その若い二人よりは、あなたの言うことが一番、お凜の心に届くことでしょう」

貞林尼の言葉を耳にするなり、おさめは「はい」と返事をし、もとより気にかかっていたお凜の背中を追って、急ぎ足で部屋を出ていった。すると、

「あのう、おいらも柚太郎さまの許へ行ってもいいでしょうか」

幸松が待ちかねたように、貞林尼に尋ねた。お凜に対しては言い出せなかったことも、貞林尼ならば許してくれると思えたのだろう。案の定、貞林尼はゆっくりとうなずき返した。

それを見るなり、幸松も弾かれたように立ち上がり、部屋を出ていってしまった。

幸松の手で襖が閉められてしまうと、中は貞林尼とおいちの二人きりになる。貞林尼はおいちの前にやって来て座ると、

「あなたがおいちさんね。代筆屋をしているという――」

と、親しげな眼差しを向けて尋ねた。

「えっ？」

露寒軒から聞いているのだろうか。おいちは返事をすることも忘れて、貞林尼の色白の顔に見入ってしまった。すると、

「先ほど聞こえてしまったの」

貞林尼は悪びれもせず、くすくすと笑いながら言った。

露寒軒から聞いていたわけではなかった。考えてみれば、あの露寒軒が妻に自分のことなど話しているはずがないではないか。

「あなたがお凜の依頼を引き受けなかったのは立派でしたよ」

「立派だなんて……。あたしはただそうしてはいけないという気がしただけなんです。ただ、自分でもどうしてそういう気がするのか、分からないんです」

おいちの途方に暮れたような様子に、貞林尼はしばらくじっと見入っていたが、やがて、

「あなたは人の心を読めるのですね」

と、感じ入った様子で言った。

――お前は人が口にしない胸の内を、汲み取る力があるようじゃ。

露寒軒からかつて言われた言葉が、貞林尼の言葉に重なって聞こえてくる。

「伊右衛門の死は――」

貞林尼は、ずっと昔に亡くした息子の名を、そっと口にした。

「あの頑固者にとっても私にとっても、悲しいことでしたよ。けれど、そのことに誰よりもこだわっているのは、本当はお凜なのです」

「お凜さま……？」

「さよう。お凜はあのように父親に似て負けず嫌いな上に、勇敢といえば聞こえはよいけれど、無謀なところがありますからね。自分とは違って軟弱に見える兄のことを、情けないと思い、見下していたのです。でも、心の底ではたった一人の兄を好いてもいた。だから、兄が他人から莫迦《ばか》にされたり侮られたりすることは、どうしても許せなかったのです。子供の頃、伊右衛門が近所の腕白坊主たちから莫迦にされたことがあったらしくてね。そのことを知ったお凜が、その中心だった刑部《ぎょうぶ》という少年に、果たし状を書いたことがあったのです」

「果たし状を――？」

おいちは、露寒軒が北村季吟への果たし状を自分に代筆させたことを、思い出さずにはいられなかった。この父娘はやはりよく似ている。

「それがね。後でその果たし状とやらを見せてもらったら、『一筆啓上《いっぴつけいじょう》』で始まっているのよ。おかしいでしょう？　一筆啓上は男子の使う言葉なのにねえ」

そう言って、貞林尼は袖を口許に当てると、少女のようにころころと笑った。そんな貞林尼の様子は、傍で見ているだけで自然と微笑みが浮かんでくる。

「まあ、とにかくその勇ましい果たし状を書いた後、お凜は木刀を肩に担いで果たし合いの場に出かけたのです」

「その時、お凜さまはおいくつくらいだったんですか」

「十歳くらいだったかしら。伊右衛門はお凜より三つ上ですよ。刑部たちもお凜よりは少し年上の男の子たちでした。まあ、いくらお凜が強いといっても、その齢《とし》の少年たち数人を相手に勝てるわけもないでしょう？」

「お凜さまはそれで、ご無事だったのですか」

貞林尼の物言いは、昔のことだからなのか、それとも根がそういう性質なのか、どこまでもおっとりとしている。しかし、おいちの方は気が気ではない。

「お凜は怪我一つ負いませんでしたよ」

貞林尼はおいちの問いかけに先に答えてくれた。

「お凜が置きっぱなしにしていた果たし状の下書きから、伊右衛門が事の次第を知って、急いで果たし合いの場に駆けつけましたからね」

「では、伊右衛門さまは——？」

「そりゃあ、もうぼろぼろにやられてしまって——」

そんな話も、貞林尼の穏やかな声で言われると、大したことのように聞こえないが、おいちは傷ついた少年の姿を思い浮かべて胸を痛めた。頭に浮かんだ少年の像が、柚太郎そのものだったせいかもしれない。

「伊右衛門はお凜には指一本触れるなと、腕白坊主たち相手にたった一人で立ち向かっていったそうです。まあ、子供の喧嘩ですからね。伊右衛門の怪我も治らぬものではなかったし、大事にはならなかったのですけれど、このことはお凜にはたいそう衝撃を与えたようです。それから、伊右衛門を見る目が変わりましたからね。それまで軟弱者だの優柔だのと言っていた言葉も、ぴたりと口にしなくなりましたよ」

「本当は、伊右衛門さまが勇敢でお強い方だと、お分かりになったからですね」

「その通りです。私はその時、お凜に『きちんと兄上に謝りなさい』と言いました。でも、十歳の少女ですからね。心で思っていることを、そのまま素直に行動に出せない年頃でしょう？　結局、お凜は伊右衛門に面と向かって礼を言うことも謝罪することもできなかったのです。ただ、伊右衛門は齢よりも大人びた考え方のできる子でしたから、お凜のそういう気持ちをきちんと汲んでいたと、私は思っていますよ」

「もしかして、お凜さまは伊右衛門さまがお亡くなりになるまで、その時のお礼も謝罪も口になさらなかったのでしょうか」

おいちが尋ねると、貞林尼は溜息混じりにうなずいた。

「おそらくはそうなのでしょう。お凜がそうだと口にしたわけではないけれど、柚太郎に対する態度を見ていると……ねえ」

お凜の息子柚太郎が伊右衛門に似ていること、そして、お凜が柚太郎に厳しく当たっていること──そのことを言われているのは、おいちにも分かった。

「もしかして、露寒軒さまが柚太郎さまにお会いにならないのは、柚太郎さまを御覧になりたくないのではなくて、柚太郎さまにつらく当たられるお凜さまを、御覧になりたくないからではないでしょうか」

ふと思い立って、おいちが口にした言葉に対して、貞林尼は何とも答えなかった。だが、それで、おいちは貞林尼が自分と同じことを思っているのだと察した。

「大奥さま──」

おいちは貞林尼の前に両手をつき、頭を深く下げて言った。

「あたし、伊右衛門さまのお文を代筆しようと思います。ただし、お文をお渡しする相手は、露寒軒さまではなくて、お凜さまということにして──」

おいちが頭を上げると、目の前には貞林尼の満ち足りた笑顔があった。

「あなたならば、そう言ってくれると思いました。では、その依頼主はこの私ということにしてもらいましょう。もちろん、あの頑固者には内緒にしてくださいな」

そう言って微笑む貞林尼の言葉は、依頼主のものというより、おいちを励まし、後押ししてくれるようなものである。

だが、一方で励まされつつも、おいちにはもう一つ不安があった。

「でも、大奥さま。あたしは字を書くことはできますし、人の筆跡を真似ることもできなくはないと思います。ただ、伊右衛門さまのように教養のある方になり替わって、文章を書くことはできません」

この度ばかりは、露寒軒さまにご相談して文面を考えていただくわけにもいかないし

——と、おいちが独り言のように続けて呟くと、

「それは、私に任せてもらいましょう。あなたたちが帰るまでに、下書きをこしらえ、伊右衛門の筆跡が分かる手本と一緒に託します。あなたは清書を終えたら、出来上がった文を私の許へ届けてください」

と、貞林尼は笑みを絶やさぬまま言った。貞林尼が下書きを用意してくれるのならば、おいちにはもう何の心配もなかった。

「かしこまりました、大奥さま」

おいちが再び深々と頭を下げると、

「大奥さまはおやめなさいな。貞林尼でかまいませんよ」

貞林尼は気軽な調子で言った。おいちは顔を上げると、逆らわずにうなずいた。

「では、貞林尼さま。一つお伺いしたいことがあるのですが、よろしいでしょうか」

「どうぞ、何なりと――」

貞林尼は気さくにうなずいた。

「露寒軒さまはあたしたちと一緒に暮らしてくださっています。あたしたちにはそれがとてもありがたいことですけれど、貞林尼さまは露寒軒さまと一緒にお暮らしにならなくてよろしいのですか」

露寒軒と同居する日々の味わいは、本来、この人のものではないのか。それを、見ず知らずの他人だった自分が味わわせてもらってよいのだろうか。貞林尼の慕わしい姿と心に惹かれれば惹かれるほど、おいちは露寒軒にも貞林尼にも申し訳ないことをしているような気がしてならなかった。

だが、貞林尼はおいちの問いかけに、深刻な表情を浮かべもせず、

「もちろんあの頑固者が動けなくなったら、そうしてあげようと思いますよ。でも、今はまだその時ではありません。だって、あの人は思い立ったら、いつふらっと旅立ってしまうか分からないのですからね」

と、平然とした調子で答えた。

「えっ、露寒軒さまが旅に――？」

思いがけぬ返事に、おいちは目を見開いた。

「ええ、そういうことはなかったの？」

「少なくとも、あたしがお宅に住まわせていただくようになってからは――」

「そう。でも、お気をつけなさい。あの人はまた、いつふらっといなくなるか分からないから――」

それ以上、貞林尼は露寒軒の旅については、何も語らなかった。おいちも訊けなかった。

(貞林尼さまは、露寒軒さまに置いてきぼりにされたことがおありになるんだ……)

その時の貞林尼の寂しさと心の痛みが、おいちには想像できた。

女を置き去りにし、黙って出ていってしまった男の顔が思い浮かんでくる。

母を捨てた父、梨の木に文を結わえ付けて消えた颯太――。

(露寒軒さままで――)

露寒軒は貞林尼を捨てたわけではないが、おいちはこの時、露寒軒に腹を立てずにはいられなかった。こんなに素敵な女人を置き去りにして、どうしてふらっと旅に出てゆくことができるのか。

男はどうしてそうなのか。父も颯太も露寒軒も、残された女の気持ちを考えてくれたことがあるのか。

(本当に、ちっとも分かってないんだから――)

悲しみと憤りが膨れ上がりそうになったその時、おいちの心を冷ましてくれたのは貞林尼の穏やかな声であった。

「もしも、あの人がふらっといなくなって途方に暮れたら、そろって私のところへいらっしゃい。暮らしの心配はしなくていいし、置き去りにされた者の心構えを伝授してあげますから――」

貞林尼は何か楽しいことでも語っているような口ぶりで言う。それを聞いていたら、おいちの心は不思議と安らかになった。置き去りにされた者の心構えというものがあるのなら、ぜひとも教えてほしい。

ふとそう思ったが、答えはもう貞林尼の柔らかな佇まいの中にあるような気がした。誰であろうと、このような女人の待つ場所へ帰ってこずにいられないのではないか。

（あたしはいつか、貞林尼さまのようになれるのかしら――）

そう思う傍から、いや、貞林尼さまのようになりたい、とおいちは考えていた。そうすれば、颯太も必ず自分のところへ帰ってきてくれる。

今までになく、強く確かな思いがあふれてくるようだ。

（なんて、すばらしい方なのかしら）

露寒軒さまには少しもったいないくらい――おいちは心の中でひそかに呟き、自分一人でこっそり苦笑した。

六

「一筆啓上。そこ許に言ふべきことありて候。そこ許とは同じ父母の下にて、一つ家にて暮らし候ゆゑ、思ふこと相通じ候。口に出さぬことありといへども通じ候。ゆゑに、思ふこと言ひ果てずとわずらふことあるまじく候。しかれども、同じ過ちはいたさぬべく、くれぐれも申し置き候。　　　　　　　　　　敬白」

ながれては妹背《いもせ》の山の中に落つる　吉野の川のよしや妹《いも》が子

——一筆啓上。お凜よ、お前にどうしても言わねばならないことがある。お前とは同じ両親の下、一つの家で育ったから、互いに思うことが分かり合える兄妹だったと思っている。お前が口に出して言わないことがあっても、私には通じていたのだよ。だから、お前が私に言いたいことを言えぬまま時が過ぎてしまったとしても、それを思いわずらう必要はない。だが、同じ過ちを二度としてはならぬ。そのことを、くれぐれもお前に伝えておきたい。敬白。

おいちは、貞林尼から下書きを、伊右衛門が筆記したという『古今和歌集』の写本と共に受け取った。伊右衛門の筆跡は、父の露寒軒とは似ても似つかぬものであった。癖はあまりなく、まっすぐで伸びやかな筆遣いであり、とにかく正確である。そんな伊右衛門の筆跡を真似るのは、おいちにとって、それほど難しいことではなかった。

何度も反故紙《ほごがみ》で練習し、それから、白の薄様に清書をした。

おいちがそれを貞林尼の許へ持っていったのは、二日後のことである。この時は、貞林尼を訪ねたので、お凜にも柚太郎にも会わなかった。

文をどのようにお凜の手に渡すのか。気にならないこともなかったが、後のことは母である貞林尼に任せておけば問題ない。おいちは貞林尼に代筆の文を渡して、この仕事を終えた。

それから三日の後、露寒軒宅に一人の客が訪れた。

玄関へ出迎えに行った幸松が、何やら歓声に近い声を上げている。滅多にないことなので、おいちは露寒軒と思わず顔を見合わせていた。

「よく来てくださいました。本当に吃驚いたしました」

幸松が相変わらずの高い声で、しきりに驚きと歓迎の言葉を相手に伝えている。相手の声はおいちには聞き取れなかったが、幸松の知り合いということは明らかだ。

前に働いていた筆屋あずさ屋で世話になった者でも来たのだろうか。そんなことを思っているうちに、幸松が客を座敷へ案内してきた。

「お客さまです」

どことなく相手を誇るような口ぶりで言うと、幸松は戸を大きく開けて、客を先に中へ通した。

「あらっ！」

おいちは思わず声を上げた。

「い……え――」

ならなかった。

露寒軒の口も思わず動いていた。だが、露寒軒は一声だけ発すると、それ以上は言葉に
そのうめくような声は、客人にも幸松にもおそらくははっきりとは聞き取れなかっただろう。だが、近くにいて、露寒軒の口の動きを見てしまったおいちには分かった。

(露寒軒さまは、伊右衛門さまのお名前を口にしかけたんだわ)

そのくらい、目の前の少年柚太郎は、伯父に当たる伊右衛門に似ているのだろう。

「柚太郎さま、ようこそおいでなさいました。今日はお凜さまとご一緒ですか」

口を利けないでいる露寒軒に代わって、おいちは尋ねた。

「いえ、今日は私一人です」

柚太郎はそう言うと、露寒軒の前まで進み、そこで正座するなり、深々と頭を下げて挨拶を述べた。

「お祖父さま、お久しぶりでございます。柚太郎にございます」

「……う、うむ」

露寒軒はどうにかこうにか応じているといった様子であった。

「今日は母上より、本郷のお祖父さまのお宅を訪ねてよいと、お許しをいただきましたので参りました。柚太郎はお祖父さまにお願いの儀がございます」

「なに、わしに願いの儀じゃと——?」

露寒軒が目を剝いて柚太郎を見返したその時、騒ぎを聞きつけたおさめが、茶の用意を

して現れた。それで、柚太郎と露寒軒に茶が振る舞われ、おさめも席に加わったところで、改めて柚太郎は今日の訪問について語り始めた。

「実は、母上を通してお願いいたそうと考えていたのですが、自ら本郷へ赴き、直にお願いせよと母上から申しつけられました。お祖父さまは三河島でお待ちしていても、帰ってきてはくださらないだろうから、と――」

「うっ……」

痛いところを衝《つ》かれて、露寒軒は絶句する。柚太郎は何も気づかぬ様子で、さらに続けた。

「お祖父さま。柚太郎はお祖父さまに和歌を教えていただきとうございます。先日、この幸松からお祖父さまの話をお聞きし、私もまた、幸松のごとく、お祖父さまのお弟子にしていただきたいという気持ちが抑えきれなくなりました。私はお祖母《ばあ》さまより手ほどきを受けておりますゆえ、少しは和歌を齧《かじ》ってもおります。亡くなった伯父上は、お祖父さまに似てたいそう和歌の上手なお方であったとお聞きしました。私もお祖父さまや亡き伯父上のようになりたいのです。どうか柚太郎をお弟子にしてくださいませ」

柚太郎が長々とした口上を一気に言い終えると、幸松がその後ろに座して、同じように頭を下げた。

「旦那さま、おいらからもお願いいたします。柚太郎さまをおいらの兄弟子にしてくださ い」

「そ、それは、まあ……。凜が文句を言わぬのであれば、わしはかまわぬが……」

露寒軒はしどろもどろになりながら答えた。

柚太郎と幸松がぱっと明るい表情を浮かべ、互いに目を見交わし合っている。

「それにしても、あの凜がようも許したな。あれは、そなたを武芸に秀でた剛の者に育てたがっていたが……」

「はい。そのことには、私も驚いているのです」

柚太郎は再び露寒軒に向き直り、少し首をかしげた。

「実は、母上は急に変わられたのです。三日ほど前、私はお祖母さまから母上に、一通の文を渡すようにと託されました。誰からの文かとお尋ねしましたが、お答えいただけませんでした。言われた通り、母上にお渡ししましたら、母上はその場で文を開いて中を読み始められたのですが、途中からお泣きになるのです」

「何と、あの凜が泣いたと申すか」

露寒軒が腰を浮かせんばかりの驚きぶりを見せた。

「はい。私も天と地がひっくり返ったのではないかと思いました。私は無論のこと、我が家では誰も母上の涙を見たことはありませんので」

柚太郎は自分の驚きぶりも露寒軒の比ではないということを、十分に強調した後で、先を続けた。

「ともかく、その時、私はようやく気を取り直して『母上、どうなされました』とお尋ねいたしました。すると、母上は涙をお拭きになり、私にこのように訊き返されました。『柚太郎、そなた、剣術の稽古をするのは好きではないのか』と——。私は剣術が嫌いなわけではないが、それよりも学問をしたいとお答えいたしました。特に和歌の道を極めたいと思っている、と——」

「なるほど、それでわしのところへ行くことを許したというわけだな。つまりは、その文とやらに、何か凜の心を一変させることが書かれていたというわけじゃ」

大方、母親が余計な気を回して何か書いたのじゃろう——と、露寒軒はぶつぶつ呟いた。間違ってはいないが、お凜の母貞林尼がおいちに代筆を依頼したことには気づいていないらしい。おいちはこの代筆の仕事を露寒軒に知られぬよう、二階の自分の部屋で行っていたのだから、無理もないことであった。

「お文に何が書いてあったのかは、ついぞ教えていただけなかったので分かりませぬ」

柚太郎はそれ以上、自分に語れることはないという様子で、口を閉ざした。

（お凜さまは納得なさったんだわ。伊右衛門さまに対して素直になれなかった過ちを、柚太郎さまに対してしてはいけないという、貞林尼さまのご忠告に——）

もちろん、お凜にはあの文を代筆したのがおいちであることも、それを依頼したのが貞林尼であることも分かっているに違いない。自分が露寒軒にしようと考えついたことを、貞林尼に先を越されてしまったのだ。

だが、だからこそ、お凜は誰よりも貞林尼の願いを理解できるはずだ。

(よかった……。お凜さまも柚太郎さまも、それに、露寒軒さまも――)

伊右衛門に似ているという柚太郎――その孫が和歌を習いに露寒軒の弟子となって、これからはこの本郷の家にしょっちゅう来てくれることになった。

露寒軒は例の意地っ張りゆえに、なかなか三河島の屋敷へは顔を出しづらいだろう。それを察して、柚太郎を本郷へ送り込んでくれたお凜の心遣いが、おいちには嬉しかった。

幸松も年齢の近い兄弟子ができて、心底から楽しそうにしている。

(それに、露寒軒さまのあのご様子ときたら――)

目じりを下げて孫を見つめる露寒軒の顔を盗み見ながら、おいちはこっそり、おさめと目を見交わした。どちらからともなく笑みを漏らすと、その時、露寒軒の目がふとこちらに向けられた。

「ごっほん――」

露寒軒はきまり悪そうに、大きな咳《せき》ばらいをし、急にしかつめらしい表情になる。それもおかしくて吹き出しそうになるのを、おいちは必死にこらえねばならなかった。

それから、歌占と代筆屋の店はしばし閉じて、一同は和やかな時を過ごした。半刻(一時間)ほどの時を経て、柚太郎が帰ることになった時は、露寒軒も加わり、四人がそろって玄関の外まで見送りに出た。

「また、参ります」

晴れやかな笑顔を浮かべた柚太郎が、折り目正しく一礼するのを、露寒軒は優しく見返している。

（目の中に入れても痛くない、というのは、こんなお顔を言うんだわ……）

本当によかった――心の底からそう思いながら、おいちは柚太郎を見送った。

柚太郎の長身が梨の木坂を下っていき、ついに見えなくなってから、おさめと幸松は家の中へ戻っていった。おいちも後に続こうとしたが、その時、露寒軒の足がまだ動き出そうとしないのに気づいて、足を止めた。

その時、おいちの目に、梨の木が飛び込んできた。六月に入り、小さな実がいくつもついているのが、今ははっきりと目に見える。実はまだ青く、あの黄金色にはほど遠いが、七月に入れば早いものは収穫できるくらいになるらしい。

（今年は……あたし、自分で実をもぐしかないのかしら）

一昨年までは必ず、颯太の手から渡されていた梨の実を、一人で手にしていることを想像すると、おいちの気分は急に沈み込みそうになった。その時、

「お前、何か知っておるな」

露寒軒の太い声が、おいちを現《うつつ》に引き戻した。

「えっ……？」

見れば、露寒軒は先ほど柚太郎に向けていたのとは打って変わったような、厳《いか》めしい顔つきをしている。

もしかしたら、貞林尼がおいちに代筆を依頼したことを、露寒軒は見通しているのではないか。おいちはふとそんな気がしたが、それを確かめることはできない。それで黙り込んだままでいると、

「まあいい。此度《こたび》ばかりは、わしがとやかく言うようなことではないからな」

と、露寒軒は話を打ち切るように、急にさばさばした声になって言い、そのまま家の中へ戻ろうとした。

その時、おいちは「あのう」と露寒軒を引き留めていた。意識してそうしたというより、自然と声が出てしまったという感じであった。

「何じゃ」

「露寒軒さまに、一つお伺いしてもよろしいでしょうか」

「申してみるがいい」

「この歌の意味を教えていただきたいんです」

おいちはそう言うと、伊右衛門のふりをして代筆した文に添えられていた歌を口ずさんだ。古い歌なのか、あるいは、貞林尼が自分で作ったものなのか、おいちには分からない。

おいちがゆっくりと暗誦《あんしょう》するのを、じっと目を閉じて聞いていた露寒軒は、ややあってから目を開けると、

「お前、どこでその歌を見聞きしたのか知らぬが、覚え違いをしておる。あるいは、作り変えられた歌じゃ。もとは『古今和歌集』にある歌で、正確にはこう言う」

露寒軒はそう言い、元の歌というのを太い声で口ずさんでくれた。

「ながれては妹背の山の中に落つる　吉野の川のよしや世の中」

最後の「世の中」という部分だけが「妹が子」と直されていたことになる。

「それで、その歌はどういう意味なんでしょう」

おいちが催促すると、露寒軒はいささか得意げに話し出した。

「この歌は『ながれ』に、水が流れるという意味の『流れ』と、涙するという意味の『泣かれ』がかけられておる。妹背山も吉野川も実際にあるものだが、妹背とは妹と背――つまり、夫婦もしくは兄弟姉妹を指す言葉じゃな。されど、『世の中』とは夫婦の仲を指すゆえ、ここでは夫婦のことを言うのであろう。して、この歌の解釈をするならば……」

解釈する前に、知っておかねばならない修辞や言葉の意味を、じっくり説明した上で、露寒軒は続けた。

「お前との仲がうまくいかず、涙せずにはいられない。その涙が妹背山の中に落ちて吉野川に流れてゆく。その吉野川の『よし』ではないが、私たちの仲もよくなってほしい。まあ、こんな意味であろう」

何らかの理由があって、うまくいかなくなった夫婦の仲を、何とか元に戻したいと願う歌なのだろう。

この露寒軒の説明を聞いて、おいちの胸には、決して泣かなかったお凜が伊右衛門の名を借りた文を読んで涙したという話が浮かんでいた。そして、書き換えられた「妹が子」

という言葉の意味も――。

この言葉は、文字通り「妹《いもうと》――女同胞《おんなはらから》の子」という意味でよいのだろう。

――お凜よ、お前は兄の私と違い、決して泣かない子だった。だが、本当は心で泣いていることもあったのだろう。そうやって泣いたお前の涙が流れて、妹背山の中に落ちては吉野川に流れてゆく。その吉野川の「よし」ではないが、お前の息子に吉《よ》き事があってほしいと、私は願っている。

お凜はこの歌に――これが伊右衛門の書いたものではないと知りながらも、亡き兄の祈りと願いを読み取ったのだ。死んだ兄がこの世に戻って、今の自分に言葉をかけてくれるとしたら、きっとこう言うに違いない、と――。

偽の文はあくまで偽物かもしれない。だが、その中身が真実を言い表していれば、想いはきっと届くのだ。

「もう一つ、お伺いしてもよろしいですか」

おいちは高揚する気分に引きずられるまま、さらに露寒軒に訊いた。

「お前は先ほど、一つ伺ってもよいかと申したではないか。もう一つあるのならば、初めから二つあると申すべきであろう」

おいちの言葉の過ちを言い立てながらも、露寒軒は決して嫌そうではない。

「そんな細かいこと、どうだっていいじゃないですか」

おいちは早口で言い返すと、露寒軒が憤然と抗議しかけるのを制して、

「露寒軒さまは昔、旅に出ておられたことがあるんですか」

と、いきなり尋ねた。露寒軒は虚を衝かれた様子で、一瞬黙り込んだが、

「ふんっ、三河島で聞いてきたな」

と、忌々《いまいま》しげな口ぶりで言い捨てた。

「ふらっと出ていってしまわれたということですが、その時、江戸へ帰ってこようという
お気持ちはあったんですか」

おいちはかまわずに、自分の聞きたいことを尋ねた。露寒軒は再び意外な面持ちで黙り
込んだが、

「さてな。わしが初めて長旅に出たのは、伊右衛門が死んだ後のことじゃ」

と、いつになく静かな声で、ぽつりと告げた。

露寒軒の口から、亡き息子のことが出るのは、大川（隅田川）のほとりで最初に打ち明
けられた時以来のことであった。

貞林尼は旅に出るのは露寒軒の癖のようなものだという言い方をしていたが、露寒軒に
その癖が芽生えたきっかけは、伊右衛門の死だったのだろう。

「その時、帰ってくるつもりがあったかどうかは、正直、よう覚えておらぬ」

露寒軒は続けて、おいちの問いかけにそう応じた。答えにはなっていないが、真摯《しんし》な口
ぶりは十分に伝わってくる。

「ただ、江戸を離れたくてたまらなかった。あれと暮らした江戸には、一時たりともいた

くなかった。いや、いられなかった……。その思いだけは今もよう覚えておる」

愛しい息子を亡くしたばかりの父親の思い——露寒軒がそれを口にしたのは、初めてのことである。

その悲しみと苦悩の深さは、おいちには想像するしかない。だが、それを知っていたからこそ、露寒軒は息子と生き別れたおさめの悲しみや、娘が磔《はりつけ》にされて心身を病んだお絹のことを放ってはおけなかったに違いない。

「でも、露寒軒さまは帰ってこられました。その後も何度も旅に出られたのかもしれませんが、その都度、帰ってこられたのでしょう、貞林尼さまの許へ——」

帰るか帰らないか、旅立つ時、決めていなかった男の心を、帰ると決断させるものは何か、それが知りたかった。

「待つ、というのが、どういうことか、分かるか」

不意に、露寒軒はおいちに尋ねた。

「……分かる、つもりです」

おいちはそう答えてから、唇を噛《か》み締めた。

そう、待つことならば、人よりも分かっているつもりだった。父を待つ母を見て育ち、今また想い人を待ち続けている。無論、これは時が重なれば重なるほど、痛みが増し、心の傷を深くしていくものなのだろう。それがどれほど痛く、つらいものなのか、まだ一年と少しほどしか待つ経験をしていないおいちには分からない。

これから五年、十年と、颯太を待ち続けていられるのかどうか。あるいは、待ち続けていたとしても、その傷の痛みはやがて鈍くなってしまい、もう涙も出なくなってしまうのか。そのことも分からなかった。

「待つ、というのは、古来よりなかなかに難《かた》きことと考えられてきた。待つ身のつらさを歌った和歌はいくらもある。人を待たせた男のわしが言うのもなんだが、それが分からぬわけではない。だが、だから――かもしれぬ」

露寒軒は重々しい声で言った。おいちが顔を上げると、まっすぐ自分に向けられた露寒軒の眼差しがあった。

「どういうことですか」

「待つ身のつらさを耐えてくれる者がいる。その事実だけが、待っていてくれる者の居場所へ、旅人を引き寄せるということじゃ」

「その事実だけが……」

旅先に出ている者にとって、相手が自分を待っていてくれるかどうかは決して分からない。

だが、待っていてくれるかもしれない。いや、あの人だけはきっと待っていてくれる。そのように、相手を信じる気持ち、信じたいと願う気持ちが、男の身を女の許へ引き寄せる――そういうことなのだろう。

(颯太は……あたしを信じてくれるだろうか。あたしが颯太を信じているように――)

信じてもらうためには、信じるしかない。貞林尼が露寒軒を信じ続けてきたように——。

梨の木に再び目をやると、青い実と実の間の緑葉が、熱気を帯びた風にゆっくりと揺れた。

どこにいるのか、姿の見えない蟬《せみ》が照りつける夏の陽射しの中、ひっきりなしに鳴き声を立てている。

（あたしも、貞林尼さまのようになりたい！）

かつて貞林尼の前で抱いた思いを、今、おいちは蟬の声に負けぬほどの力強さで、胸の中に刻みつけていた。

第三話　秘帖

一

六月も十日を越せば、暦はあと半月あまりで秋を迎える。しかし、昼の暑さは真夏の盛りから和らいだ様子もない。夕方になれば少しはましになるが、それでも秋の気配はほど遠かった。

「相変わらず暑いな」

そう呟《つぶや》くのは、今日幾度めのことだったか。そんなことを思いながら、八丁堀の屋敷に帰り着いた甲斐庄正永は、耳を打つのが蜩《ひぐらし》の鳴き声であることに気づいた。

「そうか。やはり秋は近いのだな」

正永は続けてそう呟き、玄関口で足を止めた。

振り返って、少し後に従ってきた若者に目を向ける。背が高く、がっしりとした体つきの若者は立ち止まり、正永を見返したが、何も言わない。正永の声が聞こえていないわけでもないのだろうが、余計な口はいっさい利かない。

これは、そのように正永から命じられたわけではなく、若者の生まれ持った性質《たち》によるものらしい。それが正永には好ましかった。

「颯太――」

正永は若者の名を呼んだ。

「はい」

短いその返事は、どこか、ぶっきらぼうに聞こえなくもない。だが、正永はそれを咎《とが》めはしなかった。恭《うやうや》しく謙《へりくだ》った態度が身についていないのは、颯太の生い立ちによるものだ。親の代から武家屋敷に奉公してきた者と、同じようにできるはずがない。

「少し話がある。お前もいったん離れに戻り、しばらく休息したら、私の部屋へ来るように――」

「分かりました」

颯太は言い、正永が表玄関から中へ入ってゆくのを見届けた後で、自分は庭伝いに離れの方へ向かった。まず庭の井戸で手足を洗って汗を拭い、部屋へ戻って着物を改める。それらを終えてから、颯太は命ぜられた通り正永の部屋へ赴いた。

「殿さま、颯太が参りました」

「入れ」

中から正永の声がした。正永も袴を脱ぎ、さっぱりとした麻の着物に替えている。着替えを手伝ったはずの妻の姿もなく、中は正永一人であった。

正永は今年で三十五歳――。今は目付《めつけ》の職に就いている。

目付とは、旗本や御家人を監察するのが主な職務で、江戸城に出仕する。仕事の中身は分からないが、正永に対する他の侍の態度を見れば、正永の権力のほどが颯太にも想像できた。

目付を経て出世する者が多いと颯太に教えてくれたのは、姉七重の夫佐三郎である。

正永はいずれ亡父正親のように、町奉行の職に就くことを狙っているのではないかとも、佐三郎は言った。町奉行の権力とて、颯太に分かるわけではないが、ただ火あぶりの刑と決まった姉をひそかに助け、逃亡させるというような手配ができるだけでも、その権力の大きさが知れた。

颯太は正永に示されるまま、その前に座った。それを見届けると、

「そなたを呼んだのは、これから、いよいよそなたにやってもらいたい大きな仕事があるからだ」

と、正永は告げた。

颯太の表情はまったく変わらない。

「そなたに、さまざまな修行——といえばよいのか、まあ、いわゆる忍びの者が行うような修行をしてもらったのは、このためだ」

そう告げた後、正永は少し表情を和らげた。

「そなたがここへ参って一年以上になる。そなたはよくやっているし、筋もよいと聞いている。無論、忍びの家に生まれ、幼少より修行をしてきた者には敵《かな》わぬだろうが、それは

かまわぬ。そなたは忍びになるわけではないのだからな」

真間村からこの八丁堀の屋敷に身を潜めて、一年と三ヶ月ほどになる。そして、その間、颯太は正永に紹介された者――はっきりとは聞かなかったが、おそらくは公儀の隠密《おんみつ》と思われる者を師匠として、数々の技を仕込まれた。それは、武術など何一つ知らなかった颯太にも、ふつうの武芸というより、隠密の武術と分かるようなものばかりであった。

短刀の扱い方、手裏剣の投げ方、足音を立てぬ歩き方、走り方などを習った。人の体の急所についても教えられた。人を気絶させる方法や、決して解《ほど》けぬような縄の縛り方なども習った。

そのようなことを覚えて、一体、何をさせられるのか。いずれにしても、ろくなものではないという予感が、颯太を常に縛っていた。

ただ、やりたくないと言うことは許されなかった。

真間村にいられなくなった時、颯太たちをかくまってくれた恩人であり、その上、正永の父正親には姉七重の命を救ってもらったという大恩まである。

義兄の佐三郎が病がちで、武術を習うなど土台無理な話である以上、それは颯太がやるしかなかった。

颯太の筋がよいというのは、事実であった。颯太自身にもそれは自覚できた。

もともと体は丈夫だったし、小さい頃から百姓仕事で鍛えられてもいた。敏捷《びんしょう》に動くことも生まれつき得意だった。

一体何をさせられるのか、半ば脅えていた颯太が最初に与えられた仕事は、大奥の身分ある女人の書いた文《ふみ》を、とある武家屋敷に誰にも気づかれずに運ぶというものであった。顔を見られぬように――ということで、天狗《てんぐ》の面をかぶらされたが、その仕事自体は決して難しくはなかった。また、離れ離れに暮らすわけありの母娘の間を、文で取り持つのは、颯太にとって嫌な仕事ではなかった。

このような仕事だけならばいい――そう願いつつも、それだけでは済まないだろうという予感もあった。

そして、案の定、正永はこれから大きな仕事を、颯太に言い渡そうとしている。

「まあ、試しにやらせてみた文使いの仕事でも、失敗はしなかったしな」

正永は気軽な調子で言った。

(あれは、試しだったというわけか)

それは、失敗もあり得ると、正永が考えていたということになる。颯太の腕前をその程度にしか考えていなかったというのに、他の武家屋敷へ忍び込ませたわけだ。ならば、もし颯太が柳沢家で囚《とら》われの身となった時、どうするつもりだったのか。

決して口には出さなかったが、颯太の内心の動きを察したのか、正永は苦笑を浮かべた。

「そう勘ぐるな。仮にお前が柳沢家で捕らわれたとしても、お前の身柄を返していただくことは初めから、柳沢さまも了解の上であった」

その正永の返事は、颯太には意外だった。ということは、右衛門佐から正親町町子へ文が送られていることを、柳沢保明も承知していたということになる。そして、颯太のことも——。

「それでは、柳沢の殿さまは、俺、いや、私のことをご存じだったのですか」

颯太が何者か知っているということは、七重の正体を知っているということであり、それは甲斐庄正永の父が何をしたのか、その秘密を知っているということである。

だが、颯太の強張《こわば》った表情の前で、正永は落ち着き払ってうなずいた。

「そうだ。お前が何者か、そして、これからどういう仕事をさせることになるのか、柳沢さまはすべてご承知だ」

柳沢保明がどれほどの権力を持っているか、江戸へ来て以来、颯太も少しは分かるようになっていた。将軍綱吉の斡旋《あっせん》で、京の大納言家の姫を側室に迎えるのがいかに異例の厚遇なのか——それは、義兄佐三郎が分かりやすく教えてくれた。

つまり、柳沢保明は将軍が寵愛《ちょうあい》する家臣なのだ。

(もしかしたら、姉さんを助けたのは柳沢さまのお指図だったのか。いや、当時の柳沢さまは、まだ今ほどのお力は持っていなかったはずだと、義兄《にい》さんが言っていた。ならば、柳沢さまは甲斐庄の殿さまの秘密を知って、それを楯に、殿さまを脅しておられるのか)

想像は嫌な方へと、際限なく膨らんでしまう。すると、

「何やら、あれこれと疑念を抱いているようだな」

正永が再び苦笑を浮かべながら言った。

「いえ……」

口を開かずとも、真正直な心が顔色に出てしまうのを恐れてか、颯太は少しうつむき加減になった。

「そなたは賢い。あれこれ勘ぐられる前に、真相を話しておこう」

正永は苦笑を顔から消し去ると、颯太の方をまっすぐ見つめた。強い眼差《まなざ》しを感じて、颯太も顔を上げた。

「まず、柳沢さまのことを誤解してほしくない。私は柳沢さまの才覚に敬意を抱いている。あの方はすでにご老中格、いずれはご大老にもなられるお方だ」

そう言われても、柳沢保明という人物を知らぬ颯太には、何とも答えようがない。

ふと頭をよぎったのは、柳沢家の屋敷で再会したおいちの顔であった。どういう経緯《いきさつ》なのかは分からないが、どうやらおいちは柳沢家に仕えているらしい。ならば、柳沢保明が出世するのは、颯太にとって不快なことではなかった。

颯太が思いにふけっているうちに、正永は先を続けた。

「我が父正親がそなたの姉を助けた秘密は、柳沢さまとは関わりないし、柳沢さまもご存じないことであった。打ち明けたのは私の方からだ。そして、私のこともそなたの姉のことも守ってほしいとお願いした。そうしたのには理由《わけ》がある」

この告白には、颯太も声こそ上げなかったが仰天していた。

何も知らぬ相手に、どうしてわざわざ秘密を打ち明ける必要があるのか。秘密はそれを知る人数が多ければ多いほど、外へ漏れてしまうものだと聞く。

「その理由を分かってもらうには、ある秘帖《ひじょう》について話さねばならない」

正永はそう言うと、不意に立ち上がって、部屋の端に置かれてあった棚に進んだ。そして、漆塗りの箱を一つ取り上げると、それを手に元の場所へ戻り、箱のふたを取って、中から一冊の帳面を取り出すと、颯太の前に置いた。

表紙には、『土芥寇讎記《どかいこうしゅうき》』と書かれている。

颯太はその漢字ばかりの言葉が読めなかったし、中をめくったとしても読めるはずもないので、ただ無言で表紙を見つめていた。

「どかいこうしゅうき——と読む」

正永は説明した。

「これは、簡潔に申せば、各大名家の諸事情、つまり当主がどういう性質でどういう癖の持ち主か、身内にはどういう者がいるか、そうしたことを調べ上げてまとめたものだ」

颯太は無言でうなずいた。

「まあ、それは公儀の仕事であり、別段どうこう言う筋のものでもない。しかし、これは公儀の隠密が詳細に調べ上げたものであり、各大名家が隠したい数々の恥や秘事なども、ありていに書かれている。無論、公にはなっていないようなことまでがな」

「では、各大名家はこの帳面を奪おうと狙っているということですか」

という颯太の問いかけに、

「察しがいいな。まあ、そういうわけだ」

正永はあっさりうなずいた。

「この秘帖を作らせたのは柳沢さまであり、お指図は上さまから出ている。そして、私は柳沢さまのお声がかりで、このお役目を引き受けた。無論、隠密に事を運んだが、ここに至って、これに感づくものが出てきた」

秘帖を奪おうとするだけでなく、正永自身を狙う輩《やから》も現れたという。そのため、正永には公儀の隠密が護衛としてつけられた。

そうするうち、自分たちの秘密を暴かれるのなら、相手の秘密を暴いてやろうと考える者が現れた。どの家にも隠さねばならぬ秘密の一つや二つはある。甲斐庄家にも何かあるだろうと、勘ぐられたわけであった。

そして、その通り、甲斐庄家には隠さねばならぬ秘密があった。

八百屋お七を秘密裡《ひみつり》に助け、逃亡させた正親の秘事――。

無論、これが知られれば、甲斐庄家は取り潰しになるだろうが、『土芥寇讎記』を作ろうという計画までもが頓挫《とんざ》することになる。お七夫婦がどこでどう暮らしているか、正永は知らなかったが、二人も無事ではいられまい。

そこで、正永はすべてを柳沢保明に打ち明け、その力にすがることにしたのであった。

「柳沢のお殿さまが、力を貸してくださると分かっていたのですか」

颯太は思わず尋ねてしまった。

「いや、賭けのようなものであった。あの時は、私とてすべてを失う覚悟をしていた。柳沢さまが亡き父の過ちを公《おおやけ》にし、甲斐庄家を罰することとて、あり得ぬ話ではないのだからな。だが、柳沢さまは我が父の行いは義に背かぬものだとおっしゃり、力を貸すと言ってくだされた。そして、そなたらの居場所を探す人手を出してくださったのだ」

あの時、真間村に七重夫婦のことを嗅ぎ回る不審な者が現れた。それは、甲斐庄家を目の敵《かたき》にする大名家の息がかかった者だろうと、正永は言う。

柳沢保明と正永の手の者が、七重夫婦を見つけ出すのがもう少し遅ければ、一家はその大名家の手に落ちていたかもしれない。

そうなれば、正永も七重夫婦も無事ではなく、『土芥寇讎記』もここにこうしてありはしなかっただろう。

「この『土芥寇讎記』は、まだ完成したわけではないのだ」

不意に、正永は秘帖を取り上げて、ぱらぱらとめくりながら言った。

「まだまだ続きがある。そして、そなたの義兄佐三郎には、その下書きの整理と清書をしてもらっている」

「義兄さんが――？」

颯太と違って体は弱いが学のある佐三郎が、正永から何かを申しつかっていることは知っていた。

だが、それがこの秘帖に関わることだったとは――。

ならば、佐三郎は秘帖の中身を知ってしまったのだ。それは、秘帖が狙われるのと同様、佐三郎の命も狙われるということではないか。

（甲斐庄のお殿さまは、もちろんそれを承知の上で、義兄さんに――）

守ってやる代わりに、危うい仕事を引き受けよ――ということだろう。

颯太は胸の辺りに何かがつっかえているような感覚を覚えた。

無論、正永には恩義を感じている。また、柳沢保明にも感謝の念を抱かずにはいられないのだが……。

「これで、私が柳沢さまにすべてを打ち明けた理由は分かったな」

正永から問われた時、颯太は無言でうなずいた。

「では、そなたに頼むという仕事の話に戻ろう。この『土芥寇讎記』は大名家を調べたものだと申したが、大名家の次は旗本家の『土芥寇讎記』を作らねばならぬ」

「旗本家の――？」

「そうだ。大名家と違って、旗本は年中、江戸に住まいしているゆえ、探るのもたやすい。まあ、知行している領地へ赴かねばならぬこともあるだろうが、そういうことは他の者にやらせる。そなたにやってもらいたいのは、旗本たちの日々の行状を、その身内や家臣たちも含めて調べ上げることだ」

否やは言わせぬ口ぶりで、正永は告げた。

颯太は無言のまま、手をついて頭を下げた。

「さしあたって、そなたに調べてもらうのは、高家《こうけ》旗本の一つ、大沢家《おおさわけ》である」

「こうけ——？」

颯太は聞き慣れぬ言葉だけを、思わず口にしていた。

「うむ。そなたにはよう分からぬであろうな。だが、佐三郎は江戸で暮らしていたゆえ、それについてよく知っておる。また、そなたの担う仕事についても、すでに話しておいた。くわしいことは佐三郎から聞くがよい」

佐三郎とは毎日顔を合わせているが、ここ数日は挨拶を除いて、話らしい話もしていない。

颯太が請け負わされる仕事の件など、それらしい話題が出たこともなかった。おそらく、正永が颯太に話をした後、佐三郎から改めて説明する手はずになっていたのだろう。

「分かりました」

それだけ言って、颯太は床に手をついた姿勢のまま、再び頭を下げた。

逆らうことなど、無論、できるはずがなかった。

二

颯太が佐三郎と二人きりで話をしたのは、その日の夕餉《ゆうげ》が終わってからであった。

颯太が屋敷に帰っている時は、必ず三人で食事を共にする。食事はすべて屋敷の台所で用意されたものを、自分たちで離れに運んで食べることになっていた。

七重は、佐三郎や颯太と違って、甲斐庄正永から特に何かをするよう命じられているわけでもない。女中の仕事をさせられるわけでもなかったから、せめて三人の食事くらい自分で作ると申し出たことがあったが、それは断られた。

理由は特に説明されなかったが、食材を調達する際、毒入りのものをつかまされるのを恐れたせいかもしれない。

甲斐庄正永の話を聞いてから、颯太はそう考えるようになった。

そして、この日、夕餉が終わってから、尋ねたいことがあると佐三郎に告げると、佐三郎は待っていたかのようにうなずき、颯太の部屋へ行って話そうと言った。

正永から禁じられたわけではないが、七重に話を聞かせるのを避けたいという気持ちは、二人とも同じである。

「殿さまから、仕事について聞いたのだな」

廊下の戸をしっかりと閉じてから、佐三郎はそう切り出した。夏の夜のことで、戸を閉めてしまうと蒸し暑いが、この話をする間は仕方がない。

「はい。高家旗本の大沢家を調べるよう言われました。高家については義兄さんに聞け、と――」

「ああ。そなたが調べる大沢家については、すでに分かるだけのことはまとめてある」

手際のよい佐三郎の話に、颯太は驚いた。

「まとめてあるって、この屋敷から出ない義兄さんがどうやって調べたんですか」

「殿さまのご家臣たちに伺ったのだ。無論、殿さまのお許しは得ているよ」

佐三郎は蒼白《あおじろ》い頬を少し緩めて答えた。

姉の七重が火付けの罪を犯してまで恋を貫こうとした佐三郎は、役者が似合いそうなほどの男前だった。だが、真間村にいた頃から病がちの日々が続き、今では頬がこけ、顎《あご》も尖《とが》っている。顔立ちが整っているだけに、その様子がいっそう痛ましく見えた。

「まず、高家というのは、ご公儀の儀式や典礼を司《つかさど》る家のことだ。分かるか」

佐三郎から言われて、颯太は少し考えた末、首を横に振った。

「将軍家にも冠婚葬祭があるのは分かるだろう？　また、江戸城に客人を招くこともある。そういう晴れの日に、皆が作法を間違えることなくきちんと振る舞えるよう、導いたり、仕度をしたりするお役目のことだ」

「それなら分かります」

「作法といっても、江戸城の客人といえば、京の帝《みかど》から遣《つか》わされた『勅使』と呼ばれる方々などだ。こういう勅使に対して、無礼なことがあってはならない。だから、公方《くぼう》さまからお大名家まで、相当に気を遣って仕度に励む。そのため、高家旗本は格式のある家柄なのだ」

佐三郎の話は分かりやすい。この義兄の聡明さは颯太もよく知っていた。

「その高家旗本はいくつかあるが、中でも特に優れている三家を選んで、高家肝煎《きもい》りと呼んでいる。大沢家はその中の一つだ」

格式高い高家旗本の中でも、さらに選ばれた家ということになる。大名家に匹敵する格式と考えて問題ないと、佐三郎は言った。

「大沢家がどの家と縁組し、つながりがあるか、ということは、ご公儀にも届けられているので分かっている。ちなみに、大沢家で最初に高家となった初代当主の基宿《もといえ》殿は、ご生母が皇族で、ご正室が五摂家《ごせっけ》の出という由緒正しきお血筋だ。摂家というのは、都の公家の中でも最も格式のある家柄で、その家の姫君たちは帝のお后《きさき》となられたり、将軍家の御《み》台所《だいどころ》になられたりする」

後で系図を見せるから、それをしっかりと頭に入れるように——と、佐三郎は続けた。

颯太はうなずいた後で、

「俺はその大沢家に出入りする商人か職人にでも化けて、大沢家の内情を探ればいいんですか」

と、自分から佐三郎に尋ねてみた。

隠密の修行の一つとして、そのような怪しまれぬ職業の者に化ける方法も、いくらかは仕込まれている。

だが、佐三郎は首を横に振った。

「いや、そんなことはしなくていい。殿さまがお前にさせたいのは、大沢家の人の日常をこっそり探って弱みを見つけるようなことではないんだ」

「じゃあ、何をすればいいんですか」

「大沢家の系図を作っている時に、気になることが出てきた。先ほど話した初代大沢基宿殿の娘の一人が、渡辺忠《ただ》という旗本に嫁いでいるのだ。ところが、この渡辺忠は駿河大納言忠長卿《ただながきょう》のご家来だった。駿河大納言を知っているか？」

佐三郎の話が込み入ってきた。大沢家と渡辺家で縁組したということは分かるが、駿河大納言については聞いたこともない。颯太は首を横に振った。

「では、今から話すから、よく聞きなさい。駿河大納言は、そなたの仕事とも大きく関わってくるお人だから――」

佐三郎の言葉に、颯太はしっかりとうなずいた。

それを見届けると、佐三郎は居住まいを正した後、声の調子を改めて語り出した。

「駿河大納言徳川忠長卿は、今の公方さまの叔父上なのだ。そして、三代目の将軍大猷院《だいゆういん》さま（家光《いえみつ》）の弟君であり、将軍家の跡継ぎの座を競い合ったお方でもある」

「それは、駿河大納言さまが将軍になるかもしれなかったってことですか」

「そうだ。だから、駿河大納言はずっと大猷院さまから恐れられていた。そして、謀叛《むほん》を起こした疑いをかけられ、切腹を申しつけられたのだ」

「切腹――」

八千代村や真間村で暮らしていた頃には縁のなかった言葉が、江戸の武家屋敷へ来てからは、しばしば耳に入るようになっていた。

罪を犯した武士がけじめとして採る作法――そう認識していたが、自分で自分の命を絶つその作法は、言葉を聞くだけで颯太の心を暗澹《あんたん》とさせた。颯太がこれから調べようとしているのは、武士たちが隠している秘密なのである。それが暴かれれば、切腹を申しつけられる者も出てくるかもしれない。そう思うと、何かやりきれない気持ちになる。

だが、そんな颯太の内心には気づかぬ様子で、佐三郎は先を続けた。

「駿河大納言は切腹し、お家も取り潰しとなった。家臣たちも皆、禄を召し上げられ、いったんは蟄居《ちっきょ》となったようだ。だが、多くはその後許され、浪人となった。無論、別の家に召し抱えられた者もいるが、そうでなければ大猷院さまをお恨みしただろう。彼らはお上《かみ》にとって見過ごせない者たちなのだ。だが、いずれも元は由緒正しい家柄の者ばかりだから、罪も犯さぬうちから処罰するわけにはいかない」

「分かりました。俺はその渡辺忠という人について調べればいいんですね」

気持ちを切り替えて、颯太は言った。

「ああ。その渡辺忠はもう亡くなっているだろうから、その子孫たちだな。ついでに言うと、渡辺忠と大沢家の娘の間に生まれた息子の一人は、大沢家の養子となっている。だから、そなたはそれ以外のお子たちについて調べればいい」

「分かりました。まずは、大沢家に出入りしている商人たちにそれとなく当たってみます。その大沢家の養子となった人にも、近付けそうなら近付いてみます」

「探り方などは、私がどうこう言うまでもないが、くれぐれも無茶はしないでくれ。殿さまもそうおっしゃっておられるから――」

佐三郎の言葉に、颯太は少し沈黙した。

正永が、自分の身を案じてくれているというのは、決して嘘《うそ》ではないだろう。だが、正永は明らかに、自分や佐三郎をこの八丁堀の屋敷に縛り付けようとしている。そのことを、佐三郎が気づいていないはずはない。

(義兄さんはどう思ってるんだろう)

正永の命令には逆らえぬ運命であるとはいえ、そのことを佐三郎に確かめてみずにはいられなかった。

「俺、お殿さまから聞いたんだけど……。義兄さんがやっている仕事って、大沢家を調べることだけじゃないそうですね」

颯太は目をまっすぐ佐三郎に向け、そう切り出してみた。

「『土芥寇讎記』の清書のことを言っているのだな」

佐三郎は驚かなかった。

「大名家の秘密が暴かれている秘帖だって聞きました。その清書をしてるってことは、義兄さんは内容を知ってしまったということですよね」

「この屋敷の中にいる限り、私が狙われるということはない」

自分に言い聞かせるかのように、佐三郎は答えた。

「でも、それって、義兄さんに一生、この屋敷から出るなって言ってるのも同じなんじゃ……。もちろん、姉さんだって――」

「私にも七重にも、もともと好き勝手な暮らしなぞ許されてはいないのだ。それは七重も分かっている。ただ、これはいつも七重が言っていることだが、そなたをこんな暮らしに巻き込んでしまったことだけは申し訳ない。そなたは私たちと違って、いくらでも気ままに生きることが許される身の上だったのに――」

そこまで語った後、佐三郎は感極まった様子で、床に手をつくと、がばっと身を伏せた。

「済まない、颯太」

「やめてください、義兄さん。そんなことを言ってもらいたくて、訊《き》いたわけじゃないんです」

顔を上げてくれと颯太はくり返して言い、ややあってから、佐三郎はのろのろと身を起こした。

「殿さまは、私たちを引き取った時から、私たちをここから出す気はなかったはずだ。私たちは決して殿さまを裏切れない。だからこそ、殿さまは私にもそなたにもこのような仕事をさせるのだろう」

佐三郎は虚《うつ》ろな声で呟くように言った。自分たちがこれからどうなるのか、ということについて話し合うのは、もはや無意味だった。

「義兄さんは、殿さまのことをどう思いますか」

不意に、颯太は話の矛先を変えて尋ねた。

佐三郎は一瞬、はっとした表情になった。が、しばらく考え込んだ後、ゆっくりと口を開いた。

「とても情け深いお方だと思う。そして、たいそう狡猾《こうかつ》なお方だとも――」

その佐三郎の言葉を耳にした時、颯太は胸につっかえていた何かが、すっと腹に落ちてゆくような心地がした。

「俺は義兄さんに――そう言ってもらいたかったのかもしれないと、今、思い当たりました。何かずっともやもやして、自分でも分からなかったけど……。俺も義兄さんと同じように思ってます。殿さまのことも、殿さまに指図したっていう柳沢家の殿さまのことも――」

自分たちは蜘蛛《くも》の網に捕らわれた獲物の虫と同じだと、颯太は思った。もう逃げ出すことは決してできない。ただ一つだけ違うのは、一生、蜘蛛から食い殺されることはないというだけのことである。

（俺はもう――）

梨の花に向かって飛んでゆくことはできない。

颯太はその時、瞼《まぶた》の裏に浮かんだ白い花の面影を、強いて追い払った。

三

颯太が墓のお供え物を運んでくれるようになって、急に里心がついてしまったと、七重は自分でも思う。

里心といっても、本郷に暮らしている母は産みの親ではない。産みの親は貧しいながらも、今も八千代村で兄の一家と共に暮らしている。この産みの親を思う時、七重が里心を起こすことはなかった。

だが、八千代の二親は、颯太にとってかけがえのない親である。七重は弟の心を案じていたが、十一歳で村を出て以来、颯太が親を恋しがることはなかった。

（男の子というものは、親離れするのが早いものなのかしら）

そんな颯太に比べると、三十近くにもなって、いまだに育ての親を恋しがっている自分は、本当に情けないと思う。まして、七重がそれを形に表そうとすれば、絶対に隠し通さなければならない秘密が露《あらわ》になる恐れが生まれてしまうのだ。

自分より十歳以上も年下の弟に諭《さと》されて、七重もいったんは反省した。

颯太にももう、お供え物を取ってきてほしいと頼むつもりはなかったし、養母であるお絹のことは忘れられぬまでも、自分の胸だけに秘めておこうと決心もした。

だが、その決意が続いたのも、颯太が最後に取ってきたお供え物の中に、火難除《よ》けのお札とお守りを見つけるまでのわずかな間だけでしかなかった。

火難除けのお札は目黒の大鳥神社、お守りは目黒不動で知られる瀧泉寺《りゅうせんじ》のものである。お絹が亡き娘のために、これらのお札とお守りを用意した気持ちは、七重にもよく分かった。

火難除けは、七重がお七であった頃、火付けの罪を犯したためだ。その上、火あぶりの刑に処されたと、お絹は思い込んでいるのだから、死後の娘が火で苦しまないように——と祈らずにはいられないのだろう。

（そういえば——）

大鳥神社も瀧泉寺も、遠い昔、お絹に連れていってもらったことがあると、七重は突然思い出した。

このお札とお守りを目にするまで、すっかり忘れていた。どうして、そんなに大事なことを忘れていられたのだろう。

（あの頃は、あたしがあんな事件を起こすなんて、おっ母さんだって夢にも思ってやしなかったでしょうね）

大鳥神社は日本武尊《やまとたけるのみこと》を祀《まつ》っている。日本武尊は焼津《やいづ》で、敵から火攻めに遭った時、草薙《くさなぎの》剣《つるぎ》で周りの草を薙ぎ、それに向かい火をつけて難を逃れた。この伝承から、大鳥神社は火難除けのご利益があると知られている。

「このお札を神棚に掲げておけばね、火事に遭わないでいられるんだよ」

幼い自分を相手に、お絹は確かそう説明してくれた。それは、何でもない会話だったし、大鳥神社に連れ立ってお参りをする者であれば誰でも交わす会話であっただろう。

あの時のお札は、どうしたのだったか。しばらくして大鳥神社にお返ししたのか。それとも、あの天和の大火で本郷の家が焼けてしまうまで、家にあったのか。

いずれにしても、大鳥神社のお札で、大火を避けることはできなかった。だが、あの時の火事で、一家は誰も死ななかったし、怪我もしなかったので、ご利益はあったと思うべきなのかもしれない。

だが、本物の火からは逃れられたものの、七重は恋の火から逃れることはできなかった。逢《あ》えないつらさは七重の心を焼き、狂ったように男に逢いたいと思わせた。その他のことは何も考えられず、分別も何もなくした。自分が罪を犯せば、親をどんな目に遭わせるのか、そのことに思いを馳《は》せることもできなかった。

（あたしは、本当に……あんなにいいおっ母さんに、とんでもない親不孝をしてしまった──）

お絹がどんな思いで、大鳥神社のお札を用意してくれたのか。それを思うと、瞼が熱くなってくる。

そして、目黒不動のお守りもまた、火に関わりがあった。

「ここのお不動さまはね、目黒不動っていうんだよ。他にも、目赤不動、目白不動さまがあるんだ」

目黒不動に連れて行かれた時、お絹はそう教えてくれた。

「目が黒いから、目黒不動っていうの？」

確か、そんなふうに訊き返したのではなかったか。

「確かに目黒不動さまの目は黒いけど、目白不動さまの目が白くて、目赤不動さまが赤いわけじゃないんだよ」

お不動さまは江戸の町に暮らす人々を守ってくれているんだ、とお絹は説明した。

初めて見る目黒のお不動さまは、背中に恐ろしい火炎を背負っていた。お七が脅えていると、お絹は娘の背中を撫《な》でながら、

「怖がることはないんだよ。お不動さまはああやって、人々の心の中の煩悩《ぼんのう》の火を右手の剣で断ち切ってくれるんだから」

と、教えてくれた。

「ぼんのうって何？」

五つか六つの少女を相手に、「煩悩」を説明するのは難しいだろう。あの時、お絹は自分にどう説明してくれたのか。

「人にはね、自分でどうにもできない気持ちってのがあるんだよ。そのどうにもならない気持ちを抱いて、どうにもならなくなっちまうことがあるんだ。それを助けてくれるのが、お不動さまなんだよ」

そんな説明を聞かされても、幼いお七には分からなかった。

（でも、今のあたしなら分かる）

煩悩とは、狂気をはらんだ恋の炎だった。好きで好きでたまらなくて、自分でもおかしいと思うのに、逢いたいと思うのを抑えきれない心の炎――。お七が恋の狂気に足をすくわれた時、目黒のお不動さまはお七を助けてはくれなかった。

――次に生まれ変わった時には、ちゃんとお不動さまに煩悩を断ち切ってもらえますよ

うに。

お絹はそう願って、この目黒不動のお守りを、お七の墓に供えてくれたのだろう。

（おっ母さん！）

七重は居ても立ってもいられなくなった。すぐにでも、本郷へ行って陰ながらでも母の顔が見たい。思わず立ち上がってしまったその時、

――真間村で探りを入れられて、何もかも捨てて逃げ出した時のことを忘れちまったのか、姉さん！

颯太の叫び声がよみがえって、七重は凍りついたように動きを止めた。

（……何かを思いつめると、他のことが見えなくなってしまうのが、あたし――）

それで、どれほど世間を騒がせ、大切な人たちを苦しめたのか。

特に、颯太には、自分のせいで、誰より大切なはずの想い人を捨てさせてしまった。その犠牲を無にするような真似をして、弟に顔向けできるはずがない。

（おっ母さんには会っちゃいけない。これ以上、佐三郎さんと颯太に迷惑をかけるわけには――）

大切な夫と弟のために、耐えなければいけない。お七は必死に言い聞かせ、己を戒めた。

それから数日が過ぎた。颯太と佐三郎が正永の命令について話をした、翌日の朝のこと――。

「目黒不動さんへお参りに行ってきます」

七重はそう言い置いて屋敷を出た。昔の知人に会うのは禁じられていたが、外出は許されている。

佐三郎が人質のようになっていたから、七重が逃げ出すことはあるまいと思われているのだろう。

昔、お絹と一緒に行った目黒不動へお参りすることで、寂しさをまぎらわせるつもりだった。母に会うために本郷へ向かうつもりなど、まったくなかった。

(でも、本郷――。ああ、懐かしい響き)

本郷の町並みを思い浮かべるだけで、七重は胸が締め付けられた。

別に、本郷に行ったからといって、お絹に会うわけではない。お絹は円乗寺の近くに暮らしているというから、円乗寺にさえ近付かなければ、万一にも顔を合わせることはないだろう。

(ただ、本郷が今どうなっているか、ちょっと見てみるだけ――)

本郷へ足が向かってしまう言い訳は、次から次へ浮かんでくる。

(そうそう、本郷には乳香散を売ってるお店があったわ。確か、兼康とかいう。あたしが本郷に住んでた頃にはなかったから、火事の後に商いを始めたんだわ)

それなら、その店で買い物をして行こう。都合のよい言い訳を思いつくと、七重は足取りまで早くなっていった。

兼康の場所はよく知らなかったので、本郷に差しかかる前に、行く人に尋ねながら歩いた。

兼康は円乗寺よりは東側、湯島に近い位置にあった。円乗寺から少し離れていることにほっとしつつ、心の一部は円乗寺の方へ引っ張られている。

兼康の前の大通りは、確かに大勢の人が出ていた。兼康に出入りしている客は女人が多く、女房ふうの者もいれば、嫁入り前の若い娘たちもいた。

七重はすぐには兼康に入ろうとせず、しばらくの間、行き交う人の姿をぼんやりと見つめていた。乳香散を買ってしまえば、ここに留まる理由がなくなってしまう。

（まずは、あそこの茶屋で、少し休もう）

歩き続けてきた足を休ませる必要もあるが、それ以上に、心を落ち着かせねばならない。

そう思って、七重は兼康の近くにある茶屋に、足を向けようとした。

「お姉さん」

その時、七重の傍らで、少年の声が聞こえた。

お姉さんと呼ばれるような齢《とし》でもないが、あまり近くで声がしたので、ふとそちらの方を見ると、少年の目はまっすぐ七重に向けられていた。

「あたしを呼んだの？」

尋ねてみると、少年は大きくうなずいた。

「お姉さんは兼康でお買い物ですか」

「え、ええ。そうだけど……」

「なら、お帰りのついでに、梨の木坂で歌占《うたうら》をしていきませんか。代筆の御用があれば、それも承《うけたまわ》ります」

明るい目をした少年は、七重に一枚の紙を差し出しながら告げた。

「歌占に、代筆――？」

その取り合わせがよく分からず首をかしげながらも、七重は少年の差し出す紙を受け取っていた。

それは、薄黄色の美しい紙であった。何やら説明書きと梨の花が描かれている。

「何てきれいな紙――」

紙の美しさにまず言葉が漏れたが、そこに描かれた梨の花も、七重には懐かしさを呼び起こすものだった。

「君に代はりたまづさ書くは本郷の　梨の木坂と心得よかし――？」

美しい筆跡で、歌らしいものが書かれている。七重はその部分を声に出して読んだ。

「たまづさっていうのは、文ってことです。梨の木坂のお店で、文の代筆をしていますっていうことです」

七重が尋ねる前に、聡明そうな少年が先回りして教えてくれた。

「そう。代筆を――」

七重の耳許《みみもと》に、先日、颯太の口にした言葉がよみがえった。

――今すぐは無理だけど、文を届けるだけなら、俺がしてやるよ。

――けど、万一のことは考えて、姉さんが自分の手で書くとかしないでくれよ。中身もおっ母さんにだけ分かるような書き方で、代筆屋とかに頼んでくれ。

「どうです？　美しい字でしょう？　この字を書いた人が代筆するんです。どんな方へのお文だってお引き受けできますよ。文面についても、ちゃあんとご相談に乗りますから、安心してお任せください」

少年は七重が代筆に興味があると思ったのか、ここぞとばかり売り込んでくる。

だが、すぐに代筆をお願いしたいと口にすることが、七重にはできなかった。

「代筆の御用がないなら、歌占はどうですか。先生の歌占はよく当たるって評判なんです。この辺りの人に、梨の木坂の歌占師について尋ねてみてください。評判の高さがきっとお分かりになるはずです」

代筆には興味がないらしいとあきらめたのか、少年は今度は歌占の方を勧め出した。その熱心さに、七重はつい引きずられた。いや、引きずられたという体《てい》を装ってみせただけで、本当はこの本郷に留まる用事と、少しでも円乗寺に近付く方法を探していたのが正直なところだった。

梨の木坂がこの本郷の外れの場所よりも、円乗寺に近いことは知っていた。

「小僧さんがそんなに勧めてくれるなら、ちょっと寄っていってみようかしら――」

七重は少年に笑顔を向けながら言った。少年の顔もそれまで以上に明るくなる。

「おいら、ご案内しましょうか」

だが、その申し出を、七重は丁重に断った。

「大丈夫よ。その辺りのことは分かっているから――。この紙は返した方がいいのかしら」

薄黄色の紙を手にしながら尋ねると、

「それは引き札なので差し上げます。そのままお持ちください」

と、少年は気前よく答えた。

「こんなきれいな紙をもらってしまっていいの？」

「いいんです。歌占のお札も、こんなふうにきれいな紙に書かれていますから、よろしければ、占いにいらしていただいた折にお守りとしてお求めください。ご利益は本当にありますから――」

「分かったわ」

熱心に売り込む少年に笑顔でうなずいてから、七重はその紙を手に歩き出した。茶屋に寄ろうという気持ちも、兼康に入ろうという気持ちも、もうなくなっていた。

（おっ母さんへの文を代筆してもらおう。そして、それを颯太に届けてもらう――）

七重の頭の中は、もうそのことだけで占められていた。

別に悪いことをしようとしているのではない。養母に文を送ることは颯太が許してくれたことだし、それを自筆ではなく代筆にしろという意見に、自分はきちんと従おうとしているのだ。

もちろん、内容は読んだお絹にだけ分かるようなものにしなければならないだろう。自分が生きていて無事に暮らしていること、会うことはできないが安心してほしいこと——それだけ伝えられればいい。いや、自分を十六まで育ててくれたことへの感謝は、入れなければならない。それに、親不孝をしたことへの詫《わ》びの言葉も——。

そんなことを思いめぐらしているうちに、七重は梨の木坂の下へたどり着いた。

そこでいったん立ち止まり、それから、坂道を一歩ずつゆっくりと上ってゆく。その間はもう何も考えられなかった。

梨の木の生えている家の前で、七重は足を止めた。青い実をたわわにつけた梨の一木に、じっと目を当てる。

真間村にいた時は飽きるほど見てきた梨の木だが、江戸へ出てきてからは、見ることがなかった。

しばらくの間、七重はじっと梨の木を見続けていた。その立ち木に、颯太と弟が恋していた少女の面影が重なって見える。

(颯太、おいちさん——。本当にごめんなさい)

七重は思わず目を閉じ、祈るように両手を合わせていた。

(あたしは想う人と一緒になれた。だから、その暮らしがどんなにつらくても耐えられる。颯太にもおいちさんにもそんな暮らしを手に入れてほしい)

颯太はおそらく二度とおいちには会えないだろう。自分のような姉がいるせいで、一生、日陰者として暮らしていくしかないだろう。これまでずっと、そう思い込んでいた。

だが、どうしてそう決めつける必要があるのか。颯太にもおいちにも幸せになってほしい。自分のような者でも、計り知れないほどの困難を乗り越え、想う人に添うことができたのだ。それに比べれば、颯太とおいちが一緒になるのは、ずっとたやすいことのはずだ。

梨の木を前にして手を合わせるうち、七重の胸には希望が芽生えてきた。

(ここのお宅では占いもなさると、小僧さんが言っていた。そうだわ。あたしはもう占ってもらうことなんて何もない。だったら、颯太とおいちさんのことを——)

ぱっと目を開けると、まだ青くて小さな梨の実が飛び込んできた。それらの一つ一つが、七重の決心を応援してくれているように思えてくる。七重は思い切って梨の木から目をそらすと、家の戸口へ向かって足を進めた。

歌占兼代筆と書かれた貼り紙に目を留め、いよいよ戸を開けようとする。

その時、七重はふと背後に人の気配を感じた。と思った直後、七重の肩に誰かの手がかかった。

思わず、びくりと全身を強張らせて、七重は振り返った。

「……」

七重は絶句した。

四

「ごめんくださいませ」

夏の朝四つ（午前十時）頃、玄関口から女客のものらしい声が聞こえてくる。

「はあい。今、参ります」

おいちは返事をしながら立ち上がった。

幸松は引き札配りに出ていて、家の中にはいない。客の出迎えも見送りも、その間はおいちの仕事であった。

おいちが玄関口へ出てゆくと、戸口に立っていたのは、紺の絣《かすり》を着た地味な感じの女であった。齢の頃は三十を少し過ぎたくらいだろうか。顔のつくりは悪くないが、化粧っ気がまったくない。

「引き札を見て来たのですが……」

女は薄黄色の薄様に書かれた引き札を取り出して、おいちに見せた。

「どうもありがとうございます」

おいちは頭を下げた後、

「代筆の御用でしょうか。それとも、歌占を――？」

と、尋ねた。

「代筆ですが……」

女の返事を聞き、内心喜びが込み上げる。引き札配りを始めてまだ数日だが、その効果は少しずつ現れていた。

引き札がきっかけとなった最初の客は、露寒軒の妻の貞林尼であったが、その後、一件の客があった。といっても、その客は露寒軒の歌占のついでに、恋文を代筆してほしいという依頼だったため、代筆だけのために訪れた客ではない。

だが、今度は正真正銘、代筆のみの客のようだ。

「どうぞ、こちらへお上がりください」

おいちは弾んだ声で言いながら、女客を中の座敷へと案内した。

「代筆の御用だそうです」

座敷の戸を開けて客を通すなり、露寒軒に説明する。露寒軒は読んでいた書物から顔を上げ、「そうか」と一言言ったのみで、後はもう自分には関わりないとばかり、再び目を書物に戻してしまった。

「それでは、こちらにお座りください」

おいちは自分の机の前に、いそいそと女客の座布団を置いた。女客と向き合って座り、どんな文を書いてほしいのかと問う。

「ずっと離れて暮らしていた母への文をお願いしたいんです」

「分かりました」

おいちはうなずき、先を促すように待った。

「実は、お恥ずかしい話なのですが、私は親の許さぬ人に添うため、ずっと昔、家を飛び出したのです」

いわゆる駆け落ちというものだろう。おいち自身の母がそうであったから、特に驚くような話ではない。

だが、恥ずかしい話と口にしながら、女客が恥じ入るふうでないのが少し意外だった。それに、好いた男のために、親をも捨てたという話は、傍《はた》で聞いても胸が沸き立つ類《たぐい》のものだ。それがずいぶん昔の話だとしても、当時を懐かしんだり、昔の昂《たか》ぶりを思い出したりしそうなものなのに、女客は眉一つ動かさない。語り口は淡々としており、それがどこか不自然だった。

「もちろん、親の前にのこのこ出てゆくことはできません。しかし、せめて無事に生きているということだけでも知らせたいと、ずっと思い続けてきました。私はろくに文を書くこともできないので、こちらで代筆していただこうと思ったのです」

「分かりました。それでは、文面はこちらで調《ととの》えるということで、よろしいでしょうか」

女客がうなずいたので、おいちは文の中身に入れる内容を、すべて挙げてほしいと頼んだ。女客は少し考え込むように沈黙したが、ややあってから口を開くと、一気に言った。

「そうですね。親不孝をして済まなかった、二度と会うことはできないが、私は無事に暮らしているから案じないでほしいと、書いてください。そうそう、それから育ててくれたことへの感謝の言葉も、忘れずに添えてください」

おいちはそれを手近な反故紙《ほごがみ》の裏に、覚え書きとして書き留めた。そして、女客が口を閉ざすと、

「それでは、これから下書きをいたします。それをお確かめいただいて、よろしければこの場で清書をさせていただきます。それでよろしいでしょうか」

と、尋ねた。女客は「お願いします」とうなずいた。

「あのう、こちらでは歌占も行っているのですが、そちらのご用向きは――」

おいちは念のために、そのことを女客に確かめたが、「けっこうです」と、女客の返事はにべもない。

それで、おいちは文の下書きに取りかかることにした。最近は、よほど風変わりな内容でない限り、自分で文面を考える自信がついてきた。最後には、やはり露寒軒に確認してもらわないと不安だが、まずは一人で下書きをする。

女客はその間、背筋をしっかりと伸ばして座っていた。そわそわすることもよそ見をすることもなく、ただおいちの手許だけをじっと見つめている。

「ご無沙汰《ぶさた》いたし候。過ぎし日の親不孝、詫ぶる言の葉もなく候。母上には、我が身のありやなしやを知らせるよしもなく、申し訳なきことにて候。返す返すお詫び申し上げ候。許されざる身ゆゑ、お会ひ申すこと難《かた》けれども、我が身は事無きゆゑ、ご案じくださるまじく候。遠き果ての地にあるとも、母上より賜《たまわ》りし御恩、断じて忘るまじく候。めでたく

かしく」

女客からの注文は、大方、調えられたのではないか。おいちは先ほどの覚え書きと照らし合わせ、もう一度確認して読み直してみた。

一応、注文には適《かな》っているものの、何かが足りない。女客の語り口はどこか情がこもっていないように聞こえたが、それがそのまま文面に出ているのではないか。

（きっと、このお客さまはそういうふうにしか振る舞えない方なんだ）

おいちはそのように女客を見た。

何らかの理由で、喜怒哀楽を思いきり表せないのかもしれない。だが、本心ではきっと、母親にとても感謝しているし、会えないことを悲しんでいるはずだ。そうでなければ、わざわざ代筆までしてもらって、母親に文を送ろうとは思わないだろう。

足りないのは、この女客の本心を言い表す言葉である。

（それには、やっぱり和歌だわ）

とはいえ、おいちには歌を代作することはおろか、古い歌の中から女客の心を代弁するものを選ぶこともできない。

その類の仕事は、やはり露寒軒に頼むしかないだろう。おいちが文面を考えて下書きをしている間も、露寒軒は素知らぬふりをして、書物を読みふけっている。その様子をちらと横目で眺めてから、おいちは女客に目を向けた。

「あのう、お客さま。一つ、こちらよりお勧めしたいことがあるのですが……」

おいちはそう申し出た。

「勧めたいこと――？」

女客が意外そうに瞬《まばた》きをした。

「はい。お客さまが先ほどおっしゃったことを文章として書いた後に、お客さまのお母上へのお心を十分に伝えてくれる和歌を一首、書き添えたいのです」

「和歌……？」

「はい。こちらは歌占の店でもありますし、そのようにされるお客さまがこれまで大勢いらっしゃいました」

そもそも代筆の仕事自体が少なかったことには、もちろん触れない。

「あなたが歌を代作してくれるというのですか」

「いいえ、あたしではなく、こちらの歌占の先生が――」

おいちは露寒軒の許しも得ずに勝手に答えて、露寒軒を手で示した。

「何じゃと。わしはそんなことをするとは、一言も言っていないぞ」

案の定、おいちと女客のやり取りをしっかり聞いていたらしい露寒軒は、不意に顔を上げて、おいちを睨《にら》みつけた。

「まあ、そうおっしゃらずに――。いつも快く引き受けてくださるじゃありませんか」

女客から不審げな目を向けられた露寒軒に、おいちはにこやかな笑顔を向ける。露寒軒は苦虫を嚙《か》み潰したような表情で、しぶしぶうなずいた。

「まったく勝手なことを言いおって――」

そう言いながら、露寒軒は読んでいた書物をぱたんと閉じた。

「して、その文に添えたい歌とは、親への感謝の心を詠《よ》んだものでよいのか」

おいちに問うとも女客に問うともつかぬ調子で、露寒軒は訊いた。女客が黙ったままでいるので、代わりにおいちが口を開く。

「はい。親御さまがお客さまをたいそう愛しく思っていたこと、また、そのことへのお客さまの感謝の気持ちが伝えられると、よいと思います」

「まったく、注文の多いことだ」

露寒軒はぶつぶつ言いながら腕組みをすると、その後は目を閉じてじっと考えるふうな様子になった。新しい歌を作ろうとしているのか、それとも、古い歌の中から選ぼうとしているのか、おいちには分からない。

やがて、露寒軒は目を見開くと、さっと筆を取り上げ、さらさらと一首の歌を書きつけた。

（えっ！　口に出して歌ってくだされればいいのに――）

書いてくださったって読めないんだから――と、おいちが内心で文句を言うのも知らぬげに、露寒軒はまだ墨も乾かぬその紙をおいちに差し出した。

「えっと……。お客さまのためにも、お口に出して歌っていただけないでしょうか」

おいちは恐るおそる露寒軒に言った。

もともとそうするつもりだったのか、否やを言うことはなく、露寒軒はその歌を口ずさんだ。

父母《ちちはは》が頭《かしら》かき撫で幸《さき》くあれと　いひし言葉ぜ忘れかねつる
――父さんと母さんが頭を撫でて「幸いあれ」と、言ってくれたその言葉が忘れられません。

言葉の意味はとても分かりやすい。一度聞いただけで、すぐに覚えられそうな歌であった。それでも、忘れてしまわないようにと、おいちは露寒軒の書いた例の悪筆の横に、自分の字でその和歌を書きつけた。

「その歌を、たった今、お作りになられたのですか」

さすがに驚いて、女客が目を瞠《みは》っている。

「いや、これは『万葉集』にある歌だ。防人《さきもり》に取られた子供が、旅先で父母を思いながら詠んだ歌なのであろう。言葉は純粋で飾りがない。だが、それだけに父母への切ないまでの思慕の情が、ありのままに伝わってくる」

「まことに……」

女客が感心した様子で呟いた。

その様子を見て、おいちも満足だった。

「では、この歌を書き添えてよろしいですね」

「お願いします」

女客は素直に頭を下げた。

おいちは下書きの最後にその歌を添え、最後に、露寒軒に文面もろとも確認してもらった。

「まあ、よいだろう」

というお墨付きをもらってから、女客に薄様を何枚か見せ、紙を選んでもらう。女客は少し迷っていたが、自分では選べないので、よいものを選んでほしいと、おいちに頼んだ。

「お母上へのお文なので、鳥の子紙の地を生かした薄黄色がよいのではないでしょうか」

鳥の子紙が、鳥の卵の色からそう名付けられたと聞くと、女客はそれでいいと答えた。

おいちは薄黄色の薄様に清書をし、それに白の薄様を重ねて折り畳むと、女客に手渡した。

女客は礼を言い、代金の三十文を即座に支払って帰っていった。代筆の代金はもともと二十文としていたが、値の張る薄様を使うようになってから値上げをした。もちろん、薄様ではなく杉原紙でよいという客には二十文で請け負っている。

おいちはまだ帰らぬ幸松の代わりに、女客を玄関口まで送っていった。それから、しばらくも経《た》たぬうちに、入れ違いのように、引き札を配り終えた幸松が帰ってきた。

おいちは引き札を持った代筆の客が来たことを嬉《うれ》しげに告げ、

「梨の木坂ですれ違わなかった？」

と尋ねたが、幸松は誰にも会わなかったと答えた。気づかなかったか、幸松が坂を上り始めた時にはもう、女客の方が坂を下り切っていたのかもしれない。

「それにしても、おいち姉さんの代筆屋も少しずつお客さんが増えてきましたね」

幸松が嬉しそうに言う。

「おいら、引き札を配る時、おいち姉さんの字がきれいだってこと、ちゃんと売り込んでるんです」

「幸松のおかげね。これからも気張ってちょうだい」

おいちが礼を言って励ますと、

「もちろんです！」

幸松は満面の笑顔で、大きくうなずき返した。

五

おいちの代筆屋に女客が来た翌日、十八日の早朝――。

円乗寺の近くの長屋では、お妙が井戸水を汲《く》みに行こうと、戸を開けた。

「あっ……」

お妙の口から小さな声が漏れる。夜のうちに、何かが戸の隙間に差し込まれていたらしい。それは青々とした笹《ささ》の枝で、葉擦れの音を鳴らして下へ落ちた。丈は短く、小さな子供が手に持って走り回れるほどである。

もうじき七夕だから、誰かが気を遣ってくれたのだろうか。

そんなことを思いながら、笹の枝を拾ったお妙は、そこに紙が結び付けられていることに気づいた。

「おっ母さん！」

お妙は再び戸を閉めると、笹の枝を持って母お絹の許へ行った。

「何だい、朝っぱらから大きな声を出して――」

お絹が怪訝《けげん》そうな声で問う。そのお絹も、お妙が手にした笹の枝に、すぐに気づいた。

「こんなものが戸口に挟《はさ》まっていたのよ」

「戸口に――？　これは何やら文みたいだね。まさか、お前に懸想《けそう》してる人でもいるんじゃないかね」

「そんなことあるはずないわ」

お妙は驚いた表情を浮かべながら、首を横に振った。

「お前だってもう十六だ。そういうことの一つや二つ、あってもおかしくはないだろうに……」

お絹はそう言いながらも娘が心配らしく、「ま、そういう手合いでも、おっ母さんが先に目を通させてもらうよ」と続けて言い、結び文をほどき出した。

お妙は逆らわずに、黙って母の手許を見つめている。

やがて、お絹は文を開いて、中身を読み始めた。それからややもせぬうちに、お絹の顔色が急に強張った。

「どうしたの、おっ母さん。誰からの文だったの？」

「い、いや。これは、お前への付け文なんかじゃない。おっ母さん宛《あ》ての文だったよ」

お絹は気丈さを見せて顔を上げたが、その顔色はやや蒼ざめていた。

「……そう。じゃあ、あたしには関わりないのね」

「ああ。お前はもうお行き。朝餉《あさげ》の仕度をしておくれ」

「はい――」

いったん素直にうなずいたものの、

「おっ母さん、大事ない？」

と、母の顔をのぞき込むようにして、お妙は尋ねた。

「ああ。大事ないよ」

お絹は強張った顔を、無理にほころばせて言った。お妙は不安が消えたわけではなかったが、それ以上は何も言わず、水を汲みに外へ出ていった。

それを見届けてから、お絹は再び文に目を落とした。一度、最後まで読み通して、もう一度、初めから読み直した。最後に書かれた和歌に目がいく前に、目頭が熱くなり、目の前が靄《もや》で包まれたようになった。

井戸水を汲み終えたお妙が中へ戻ってきた時、お絹は竈《かまど》の前に立ち、火を熾《おこ》していた。そして、その火に先ほど笹についていた文をくべようとしていた。

「おっ母さん、何をしているの！」

お妙は急いで、母の許に駆け寄った。

文は美しい薄黄色の紙に書かれていた。あれが薄様という紙だということは、前においちに代筆をしてもらったお妙にはすぐに分かった。

お絹はあの時のお妙からの文をとても大事にしている。まるでお守りのように小さな袋に入れて、いつも肌身離さず持ち続けていてくれる。

その母が、誰かから届いた美しい文を、こんなふうにすぐに火にくべてしまうということが信じられなかった。

だが、お妙が叫んだ時にはもう薄様の文は炎に焼かれ、めらめらと燃えていた。

「いいんだよ」

お絹は紙の燃え尽きるさまを見つめながら、あまり抑揚のない声で言った。

「中身はもうおっ母さんの頭に入っているから、取っておく必要なんてないんだ」

お絹は続けて言うと、声の調子を改めて、「早く湯を沸かしておしまい」とお妙に言った。その声の調子は、いつものお絹のものと変わらない。

お妙は不安な気持ちを拭いきれぬままではあったが、急いで井戸水を桶《おけ》から鍋に移し、湯を沸かしにかかった。

だが、それからしばらくして、朝餉を二人で食べる頃にはもう、お絹の様子に不審なところはどこにも見られなくなっていた。

お絹が「ちょっと出かけてくるよ」と言い出したのは、朝餉の後片付けが終わってからであった。

「どこへ行くの？」

と、尋ねたお妙に、

「梨の木坂の先生とおいちさんのところへね」

と、お絹は答えた。何のために出かけるのかと、お妙が問うのをまるで制するかのように、

「ほら、さっき届いた文の返事を、おいちさんに書いてもらおうかと思ってね」

と、お絹は続けて言った。自分もついて行こうか、とお妙が言うと、お絹はとんでもないというように首を横に振った。

「遠いところでもあるまいし、おっ母さんだって、もう病人じゃないんだよ」

お絹はやや強い口ぶりでお妙の口を封じると、それから一人で長屋を出て梨の木坂へ向かった。

お絹が露寒軒宅の戸を叩《たた》いたのは、まだ朝の五つ（午前八時）になるかならずである。客は誰もおらず、まだ引き札配りに出かけていない幸松が、お絹を出迎え、中へ通した。

「まあ、お絹さん」

おいちは笑顔を向け、先日お客を紹介してくれたことへの礼を述べた。お絹もまた、亡き娘の墓荒らしの件で世話をかけたことについて、露寒軒とおいちの二人に頭を下げた。

「今日は、お絹さんの御用でいらしたんですか？」

おいちが続けて尋ねると、お絹は少し済まなそうな表情を浮かべた。

「実は、今日はお店の客としてじゃなくって、ちょっと訊きたいことがあって伺ったんです」

「そんなことはまったくかまいません。何でしょうか」

「あたしのところに昨夜、文が届いたんですけど、見るなり、それがおいちさんの書いたものだと分かりました。それで、その代筆を頼んだ人のことについて訊きたくて……」

おいちはその文を見せてもらえるのかと思って待ったが、お絹は文はもう燃やしてしまったのだと告げた。

「中身は、親不孝をしたことを詫びる言葉と、今は無事でやっているから心配するなというようなものでした。そして、最後に歌が書かれていて……。あの歌はすぐに覚えちまいました。あんまりにも、あの子の心が沁《し》み込んでいるように思えて――」

そこで少し涙ぐみかけたものの、強いてこらえると、お絹は続けて歌を口ずさんだ。

「父母が頭かき撫で……」で始まるその歌を書いたのは、まだ昨日のことである。おいちもよく覚えていた。

お絹が歌占の客ではないと知った後は、我関せずの体《てい》で書物に戻っていた露寒軒も、この歌を耳にするなり、再び顔を上げてお絹を見た。

「そのお客さまならよく覚えていますよ。その歌を選んでくださったのは露寒軒さまです。そうでしたよね、露寒軒さま」

おいちが声をかけると、露寒軒は重々しくうなずいた。

二人とも、お絹の子供が何者なのか知っている。

八百屋お七として知られ、十数年前に火あぶりの刑になった娘――。

だが、そのお七の墓にお供えしたものが、最近になって、何者かに持ち去られた。それが若い男の仕業だということまでは分かったが、真相はつかめぬままである。

「そのお客はどんな人でしたか！　齢《とし》の頃は――」

お絹は二人の方に身を乗り出すようにして叫んだ。もはやこらえることも、取り繕うこともできぬ様子であった。

「それじゃあ、あの方がお七さんだったっていうんですか。お七さんは本当は生きていて――」

おいちは思わず独り言で呟きかけたが、すぐに気を取り直して、お絹に向き合った。

「齢の頃は、三十を少し過ぎていたくらいでしょうか。落ち着いた感じの方でした」

「生きていれば、確かにあの子も三十路に近い。それならあの子に間違いないね。だって、あたしのことを親って呼ぶのは、お妙以外にはあの子しかいないんだから――」

お絹は早口になってまくしたてるように言った。

「ちょっと落ち着いてください、お絹さん。お七さんが生きてるだなんて、にわかには――」

「あたしもそんなことはあり得ないって、何度も思いましたよ。けれど、お供え物が持ち去られるようになって、少ししたら、この文が届いたんです。あたしはお供え物の中に、お札とお守りを入れておきました。それを見たお七が切なくなって、あたしに無事を知らせてくれたんじゃないでしょうか。もちろん、会うことなんかできやしない。それはあたしだって分かってます。けど、知恵をしぼって、あたしに自分は生きてるってことを知らせてくれた。ねえ、先生、そうだと思いませんか」

露寒軒は回りくどい言い方ではあったが、お絹の言葉を認めた。

「ああ、やっぱりお七は生きていたんだ。そのうえ、無事に暮らしてるっていう。ああ、神さま、仏さま。それに、ご先祖さま。本当にありがとうございました。そうそう、お不動さまにも感謝しなけりゃ――」

なぜお不動さまが出てくるのか、よく分からないが、そうやって神仏や先祖の御霊《みたま》に感謝の言葉を捧《ささ》げ、両手を合わせているお絹の姿は美しかった。そこに一片の疑いもなく、ひたすらに祈る姿はただ真摯《しんし》でひたむきだった。

「お絹さん――」

手を合わせながら、全身を震わせているお絹の傍らに寄って、おいちはその背中をそっとさすりながら鼻紙を差し出した。お絹はあふれ出る涙にようやく気づいた様子で、鼻紙で涙を拭いた。

「おいちさん、もう少しあの子の様子を聞かせてください」

お絹はおいちに懇願した。おいちはうなずき、記憶をよみがえらせた。

「昨日は、紺の絣を着ていらっしゃいました。地味な装いでしたけれど、とても清潔な感じで――。それに、さっきも言いましたけど、たいそう落ち着いていて、しっかり者に見えました」

「まあまあ、あの子がねえ。十五、六の頃は齢よりも幼くって、甘ったれのわがままな子だったけど……。女の子っていうのは時がくれば、何も教えなくてもちゃあんと立派にやっていけるものなんですねえ」

お絹は泣き笑いのような顔をしながら、嬉しそうに言った。

(甘ったれのわがまま？　とてもそんなふうには見えなかったけれど……)

お絹の語るお七の像とは、あの時の女客はどうも結びつかない。

だが、八百屋お七は一度死んで、生まれ変わったのだ。ならば別人にもなるだろう――

と、おいちは思い直した。

「あの子はねえ。小さい頃から、ほんとに器量よしだって、近所でも評判だったんですよ。一度は、あの越後屋さんから売り物の小袖を着て、客に見せる雛形《ひながた》の役目をやってくれないかって頼まれたくらいでね。うちの人がかんかんに怒っちまって、その話はなくなったんだけれど……」

お絹の昔話は止めどもなく続いてゆく。

（えっ、器量よし――？）

おいちは口には出さずに、胸の中だけで疑念の声を上げた。

お絹の話からすると、越後屋が客寄せのためにお七の器量に目をつけたということなのだろう。それは、お七の器量が生半可なものではなかったということだ。

だが、昨日の女客はそれほど器量よしだったろうか。確かに不美人ではなかったが、越後屋の派手な小袖が似合うような女ではなかった。それとも、三十路にもなれば、どんな器量よしもああなるのか。

（ううん、七重姉さんは三十路に近くてもきれいだったし、美雪さんはもう二十六って聞いたけど、あんなに華やかできれいだわ。あの美雪さんがあと四年で、うんと地味になっちゃうなんて考えられない）

おいちは自分が知る器量よしの女人を思い浮かべながら、考えをめぐらした。

人柄も昔とは違う。器量も変わっている。

本当に、あの時の女客がお七だったのだろうか。

だが、涙を流して喜んでいるお絹を前に、その疑いを口に出すことはできなかった。

「先生、それに、おいちさん――」

ひとしきり、ありし日のお七の様子を語ったお絹は、やがて、ぴたりと口を止めると、改まった様子で頭を下げた。

「あたしはもう今日限り、お七のことは忘れることに決めました」

お絹は声の調子も改めて言った。

「お七がどこかで無事に生きていて、もう三十路に近い立派な一人前になって、苦労はしながらもちゃんと暮らしてるって分かっただけで、あたしはもう十分です。お七のおっ母さんだった絹はもう死んだんだ。今のあたしはお妙のおっ母さんです。お妙がちゃんと嫁入りして、一人前になるのを見届けるのがあたしの役目ってものでしょう。お七にしてやれなかったことを、お妙にしてやろうと思うんです」

お絹の声はさっぱりしていて、揺るぎがなかった。

「それでよかろう」

それまで無言であった露寒軒が、重々しくうなずいた。お絹はその言葉を聞くと、力づけられたように笑みを浮かべた。

それから、お絹はくり返し礼を述べた後、帰っていった。お絹を見送りに出たおいちが、座敷へ戻ってくると、

「昨日の女客は二度とここへは来ぬだろう。ゆえに、お前が女客の正体を確かめる術《すべ》はない」

と、露寒軒は不意に言った。

おいちがまだ女客について疑いを持っていることに、ちゃんと気づいているのだろう。

「八百屋お七が生きているかどうか、それも確かめようはあるまい。ただ、お七の亡骸《なきがら》を見なかったと、あのお絹は前に申していた。わしもお七の亡骸は見ておらぬし、火あぶりにされた現場も見ておらん。ゆえに、お七は死んだと言い切ることもできぬ。自分の見たものしか信じないという、お絹の考えは間違っているわけではない」

「ならば、露寒軒さまもお七さんが生きているとお思いですか」

思い切って、おいちは訊いた。

「それは分からぬ。だが、生きていることもあり得ぬ話ではなかろうな」

露寒軒は自分に対してもおいちに対しても、嚙んで含めるような口ぶりで答えた。

「だが、お絹はもうお七のことで惑うことはあるまい。悪党どもに付け入られることもないし、お妙を嘆かせることもないだろう」

「なら、これでいいんですよね」

おいちは露寒軒に問うというより、自分自身に言い聞かせるように言う。

「お前にとって大事なのは、お七の生死を確かめることか。それとも、お絹とお妙の親子が平らかに暮らしていくことか」

「それはもちろん、お絹さんとお妙さんの暮らしぶりの方です」

おいちは一瞬も迷うことなく答えた。

「ならば、先の問いの答えは、自分で分かっているだろう」

露寒軒の言葉に、おいちは「はい」と素直にうなずいた。

胸に立ち込めていた灰色の雲は、露寒軒がすっかり取り払ってくれた。

おいちは内心でひそかに感謝しながら、気持ちも新たに、中断していた引き札作りの仕事に戻った。

六

同じ日の夕刻、八丁堀の甲斐庄家の屋敷の離れでは、颯太と佐三郎が障子を閉め切った部屋の中で密談していた。

「七重の文については、例の本郷の母親の許に無事に届けてくれたんだな」

佐三郎の問いかけに、颯太はしかとうなずいた。苦労をかけたな——と、佐三郎は颯太をいたわった後で、

「七重には厳しく言い聞かせておいた。本郷へ行ったのも問題だが、自分で代筆屋へ行くなど話にならない。あの時、七重の後をつけていたお女中が連れ戻してくれなければ、今頃、どうなっていたか」

と、憤然とした口ぶりで続けた。

「姉さんに代筆屋を勧めたのは俺です。まさか、こんなに早く文を送ろうとするなんて思わなかったから——。姉さん、そこまで思いつめていたんだな」

最後は独り言のように、颯太は呟いた。

「たとえ思いつめていたにしても、勝手なことは慎んでもらわなければ――。我々だけではなく、お殿さまの御身をも危うくすることになる」

「……はい」

颯太は低い声で言った。いよいよ高家旗本の内情を探るという危険な仕事をさせられることとなり、そのことが颯太の心を縛っている。

「だが、代筆屋にはお女中が代わりに行ってくれたし、文を無事に届けてもらって、七重も落ち着いただろう。七重の母親が娘を探し出そうなどと、愚かな真似《まね》をしないでいてくれるといいが……」

「俺がしばらくの間、見張ることにします。ちょうど、本郷の方に調べなければならないものがあるので」

その颯太の言葉を聞きとがめて、佐三郎が表情を変えた。

「本郷の調べものとは、例の高家の一件か」

「はい」

颯太は慎重にうなずいた。

大沢家の姻戚に渡辺忠という旗本がいる。この男が、逆賊として切腹した駿河大納言徳川忠長の家臣であったため、身辺と係累を洗い直すことになった。それが、颯太に与えられた最初の仕事である。

表立って調べれば分かることは、甲斐庄家の家臣たちがしてくれた。それを佐三郎がまとめたところによれば――。

渡辺忠は駿河大納言の切腹後、自らは那須に蟄居した。嫡男の善は祖父渡辺茂の養子となって、渡辺家を継ぎ、この家はその後も安泰である。

渡辺家の存続を許されたので、忠が公儀を恨んでいるとは限らないのだが、少なくとも忠はその後、どこへも出仕することなく亡くなった。この忠の妻が大沢基宿の娘である。忠には嫡男善の他に、重、高、明、正、恭光《くにみつ》、基賀《もとよし》という男子があった。ちなみに、一文字の名をつけるのは、渡辺家の代々の家風である。

末の二人が二文字の名になっているのは、養子に出たからであった。

末子の基賀は、母の実家である高家旗本大沢家へ養子に入り、その後はずっと江戸暮らしである。

さしあたっては、所在の確かなこの基賀を、颯太が調べることになった。もう六十を過ぎた基賀はすでに隠居の身で、今は神田に暮らしている。

「大沢家のご隠居には近付けたのか」

颯太の役目は、表立って調べにくいことを、大沢家に入り込んで調べることである。そのため、大沢基賀に近付き、できれば信用させる必要があった。

「近付くことはできました」

颯太は淡々と答えた。

「隠居の身とはいえ、相手は高家旗本の分家だ。どうやって近付いた？」

「案外、たやすかったですよ。ご隠居は寺子屋の師匠をなさってるんですが、そこには、侍の子供ばかりでなく町家の子供も出入りしています。で、その中の一人が家へ帰る途中、賊に襲われたのを、たまたま俺が助けたわけです。その子供を寺子屋へ連れてゆくと、ご隠居は俺の手を握って感謝してくれました」

「襲ったのは、殿さまの手の者か」

その問いかけに、颯太は答えなかった。

事件など、それほど都合よく起きてくれるものではない。ならば、事件を起こすより他に方法はなかった。都合よく、大沢家のご隠居に感謝され、親しくなるきっかけとなる事件を――。

すべては芝居の筋書きの通りに運んだ。

ご隠居は颯太を信頼し、きちんと礼をしたいと言った。

礼は要《い》らぬから、自分にも学問を教えてほしい。自分はある旗本に仕える中間だが、学問に興味があった。だが、今の身分ではそのようなことは、身内にも主人にも言い出せなかった。だが、ご隠居に学問を習っていることを、主人には知られたくないので、主人の名を明かすことは控えさせてほしい。

颯太の方から、そのように申し出ると、ご隠居は少しも疑わなかった。

また、暇つぶしに寺子屋の師匠をするくらいだから、もともと人に教えることが大好きな性分だった。それで、颯太の申し出は快く受け入れられ、颯太は無事にご隠居の寺子屋へ出入りできる身となったのである。後はもう少し時を稼いで、相手との親密さを増した頃、それとなくご隠居の身内について問いかければいい。

少なくとも、ご隠居のすぐ上の兄恭光は今江戸にいて、本郷に暮らしているということだけは聞き出していた。

「うまくいきそうなのか」

「疑われていないことは確かです。それに、俺のこともお気に召しておられるようですよ」

「素朴で学問好きな若者を演じたのだから、当たり前だろう」

「そうですね。それがご隠居の好む人柄だと分かっていたから、そうしたまでです」

「ご隠居に身内のことを尋ねるのは、その類の詩や故事成語、歌が話題になった時がいいだろう。それを待つことだ」

「それは名案ですね。義兄さんも隠密に向いているかもしれませんよ」

颯太は低く虚ろな笑い声を立てて言った。佐三郎は笑うこともなくうつむいていた。

大沢基賀——通称を傳左衛門《でんざえもん》といい、隠居後の今はもっぱらこの傳左衛門を名乗っていた。そのため、寺子屋でも傳左衛門先生、もしくは傳左先生と呼ばれている。

颯太は正永の命《めい》を受けてからすぐ、この傳左衛門の隠居所の屋敷に出入りするようになった。

学問をしたいと偽ったものの、漢文など颯太にはまったくなじみがない。だが、下手に取り繕おうとすれば、嘘を見破られる恐れも出てくるので、知らないものは知らないと正直に答えた。

だが、どんなに初歩的なことでも、知らないと少しも恥ずかしがらずに言う颯太に、かえって傳左衛門は好感を持ったようであった。

傳左衛門の教え方は、まともに寺子屋に通ったことのない颯太の目にも、風変わりなように見えた。

まず、傳左衛門は子供たちに何かをやれという指図を一切しない。一日のうちに、これこれを終わらせなさいというような物言いも決してしない。ただ、寺子屋として使われている部屋には、書棚にいっぱいの冊子本や手習いの手本が置かれていて、子供たちは好き勝手に自分のやりたいこと、読みたいものを選び、学ぶのである。

もちろん、分からないことがあれば、いつでも傳左衛門に訊くことを許されていたし、子供たち同士で話し合うことも教え合うこともできた。

寺子屋へ来てからずっと、仮名文字の練習をしている子供もいれば、歴史の書物を読みふけっている子供もいた。

颯太もまた、この寺子屋にある書物は好き勝手に読んでいいと言われた。

そんなふうにして、颯太は子供たちに交じって、傳左衛門の寺子屋に出入りし、時には子供たちが帰った後まで残って、傳左衛門から教えを乞うようになった。仮名書きの歌集から適当な歌を見せて、意味を教えてもらうこともあれば、まったく読むことさえできない漢詩を選んで、傳左衛門に音読してもらい、読み方を習うこともあった。

本心からの向学心を持っているわけではないので、質問する内容に秩序などあるはずもないが、傳左衛門はそれを指摘するでもなく、どんな問いかけにも丁寧に答えてくれた。

（本当に生真面目《きまじめ》で、情け深く、心の温かいお方なんだ……）

――あなたがこの子を助けてくれたのですか。ああ、あなたはこの子の命の恩人です。私はこの子の師であり、師とは親であることも同じなのですから、あなたは我が子の恩人も同じことだ。

傳左衛門の教え子を助けた時、颯太の手を両手で握り締めながら、涙を浮かべた傳左衛門の表情が忘れられない。

世の中には、他人さまの子供に、これだけの情けをかけられる者がいるのかと、颯太は感心した。

傳左衛門のように人のいい老人を、お役目とはいえ、騙《だま》し続けるのは気分のよいものではなかった。本物の隠密のように仕事に徹し切れない颯太は、早くこの仕事を終えたいと思った。そうでないと、この疑うことを知らぬような老人を好きになってしまいそうであった。

「傳左衛門先生――」

颯太は佐三郎から助言をもらったその翌日、子供たちがすべて帰るのを見計い、漢詩ばかりを集めた書物を持って、傳左衛門の許へ行った。

漢文は読めないが、漢字ならば読めるものもある。数字は読むことができたし、「兄」と「弟」は知っていた。

颯太が傳左衛門に開いて見せた箇所には、「九月九日憶山東兄弟」と書かれていた。

「颯太殿は、これがどういう詩か、おぼろげにでも分かるのですか」

傳左衛門は颯太に優しく尋ねた。

相手が身分の低い者でも、年端《としは》もいかぬ子供であっても、傳左衛門は丁寧な口の利き方をする。

(本当に血筋の貴い人というのは、威張ったりしないものなんだな)

颯太は、傳左衛門の生家である渡辺家のことも、高家旗本である大沢家のことも調べていたが、いずれも現在の地位や身分以上に名門中の名門であることを知っていた。

渡辺家は千年以上も前から続く武士の家であり、戦国の世の成り上がりの家ではない。また、大沢家は皇族や摂関家とも縁続きという家柄であった。この傳左衛門の生母は、皇族だそうである。

そんな傳左衛門がこれほど親しみやすく、自分に対して穏やかな物言いをしてくれるとは思ってもみなかった。

「よく分かりません。ただ、九月九日という文字と、兄弟は読めたので、九月九日に何をしたのだろうと、興味を持ったんです」

颯太は正直に答えた。本当に興味があるのは、「兄弟」という言葉に対して、傳左衛門がどう応じるかということの方であったが……。

「そうですか」

傳左衛門は決して侮るふうを見せずに言った。

「九月九日といえば、日の本では重陽《ちょうよう》の節句を祝います。これは、海の向こうから伝わったもので、あちらでもお祝いをしました。菊酒を飲んだり——菊でお祝いをするのは日の本でも同じですが、他にも、茱萸《しゅゆ》という木の枝を挿して魔除けをしたりするようです。これは、その日の思いを詠んだもので、唐の詩人王維《おうい》という人の作品です。『九月九日山東の兄弟を憶《おも》ふ』と読みます。どれ、まずは詩を朗読してみましょうか」

傳左衛門は気軽な調子で言い、颯太から書物を受け取ると、声に出して詩を読んでくれた。

独り異郷に在《あ》りて異客と為り
佳節に逢ふ毎《ごと》に倍《ますます》親を思ふ
遙かに知る兄弟高きに登る処《ところ》
遍《あまね》く茱萸を挿して一人を少《か》くを

——私は一人、旅先でお祝いの節句を迎えている。その度に、親や身内が恋しくなる。重陽の節句を祝う今日、故郷の兄弟は茱萸を魔除けに挿して、高台に登っているのだろう。ただ、私一人が欠けているのに。

意味の解説をした後で、傳左衛門は続けて言った。

「私には、この時の王維の寂しさがよく分かります。兄弟から一人引き離された心許なさ、侘《わび》しさといったものが——」

傳左衛門は昔を懐かしむような表情を浮かべ、しみじみとした調子で呟いた。颯太の思惑の通りに事は運んでいる。だが、颯太は黙っていた。

「颯太殿には兄弟がいますか」

ふと傳左衛門は話題を変えた。傳左衛門の兄弟のことが聞きたいのだが、そのことはおくびにも出さず、颯太は答えた。

「兄と姉が数人おります。俺、いえ、私は末っ子で——」

「そうでしたか。ならば、私と同じですな」

傳左衛門は颯太に親しげな眼差しを向けて言った。

「先生も末のお子なんですか」

颯太は初めて知ったような顔で問うた。

「ええ。それで、大沢の家に養子に入りました。長兄は父方の祖父の養子となり、私は母方の祖父の養子となったわけです。私のすぐ上の兄は、伯父の養子となりました」

「ずいぶん入り組んでいるんですね。お侍の家は皆、そういうものなのですか」

「まあ、養子縁組は多いですが、我が一族は少し特別かもしれませんな」

「特別とは……」

「まあ、父がある事情から蟄居の身となりましたので」

その事情について、それ以上のくわしいことを、傳左衛門は口にしなかった。

「兄たちは皆、実家の渡辺を名乗りましたが、私とすぐ上の兄だけが家を出された。大沢家の養子となれば安泰だと思われたのでしょうが、一人で祖父の家に行かされた時は寂しかったものです。こっそり泣いていたら、すぐ上の兄に『武士の子で泣く奴があるか！』と殴りつけられましたよ」

「厳しい兄上だったんですね。伯父上の家へ養子に行かれたという方ですか」

「その通りです。気性の激しい人だった。私が養子にいった後、戸田の家へ養子に入りました。今はもう隠居の身ですけれどね」

「もしかして、本郷にお住まいというお方のことですか」

颯太は今、思い出したというふりをして尋ねた。

「さようさよう。前に颯太殿にお話ししましたな。もう兄弟で生き残っているのは、この上の兄だけですよ」

「行き来はなさらないのですか」

「まあ、互いに身軽な身の上になったのだし、私の方は頻繁に行き来したいと思うのですが、そういうことを嫌う兄でしてね。何というか、馴《な》れ合うのを嫌うのですよ」

「はあ……」

傳左衛門とはずいぶん性質が異なるようだと思いながら、他に言いようがなく、颯太はあいまいにうなずいた。

「しかし、私には自慢の兄です。歌詠みとして世に知られていましてな」

傳左衛門はこの時ばかりは誇らしげに、胸を張って言った。

「まあ、変わり者で通っていますから、弟子もあまり取りたがりません。もし兄がその気になれば、弟子入りしたいという者は大勢いるはずなのですがね」

「もったいないですね。歌の詠み方なら、私も教えてもらいたいところですが……」

颯太はこの時ばかりは、つい本音を漏らして呟いた。脳裡《のうり》には、歌を作って贈ってくれとねだった少女の顔が浮かんでいた。

「もし颯太殿にその気があるのなら、私から兄に推挙しましょうか。私の教え子の命の恩人なのですから、そのくらいのことはして差し上げねば――」

「命の恩人などと大げさな――」

颯太は慌てて首を横に振った。そうする間も、この傳左衛門の申し出にどう応じるべきか、頭をめぐらしていた。

傳左衛門の兄に近付けるまたとない機会である。だが、このお人よしの傳左衛門と違って、どうやら難しい性格のようだ。下手に近付いて、疑われても困る。まずは陰ながら様子をうかがった後で、危険を冒すだけの甲斐《かい》がありそうなら、傳左衛門に弟子入りの労を取ってもらうことにしよう。颯太はそう心を決めた。

「私は、傳左衛門先生のお教えを受けられるようになったばかりですから、今はまだけっこうです。でも、いずれ歌を習いたいので、その時はご紹介いただければありがたいです」

「そうですか。では、颯太殿がその気になったら、いつでも申し出てください」

傳左衛門は気分を害したふうもなく、笑顔を向けて言った。

「ところで、兄上のお名前は何とおっしゃるのですか」

颯太はさりげなく尋ねた。

「ああ。戸田恭光といいました。今は出家して、茂睡《もすい》とか露寒軒などと名乗っているようですな。いろいろな名前を持っているので、その時々の名乗りが違うのですが……」

「戸田茂睡さま、露寒軒さまですね」

頭にその名をたたき込むようにして、くり返した。

「さようさよう。本郷の梨の木坂で借家暮らしをしているはずです。ちゃんと娘夫婦の暮らす屋敷が、三河島にあるのですがね。同居するのを嫌ってましてて……。困ったもんですよ」

傳左衛門は颯太の内心など気づきもせぬ様子で、のんびりとした苦笑を浮かべながら言う。

本郷の梨の木坂、三河島の屋敷――その言葉は口には出さずに、頭にしっかりと留めた。

次に調べるのはこの二箇所となるだろう。

傳左衛門は公儀に対して、いかなる不服も抱いていない。仮に隠し持っているとしても、それで何かをしようと思うような者ではない。

では、戸田茂睡はどうか。

駿河大納言への公儀の仕打ち、己の父への仕打ちを恨んでいないか。戸田家へ養子に出た後の生涯について、何の不服も抱いていないか。

それを確かめねばならない。

本人に近付く必要はあるだろうが、傳左衛門から紹介されるのがよいか。あるいは、別の方法をとるのがよいか。それも、戸田茂睡の人柄を確かめてからのことだ。

明日にでも、本郷の梨の木坂へ様子を見に行ってみよう。この時、颯太は心を決めた。

第四話　織姫の詫び状

一

「人の背丈の二倍くらいになる笹竹《ささたけ》を、どこかからもらってきてさ。玄関口に飾ろうよ」

おさめがそう言い出したのは、七夕を控えた六月の半ば過ぎ、夕餉《ゆうげ》が終わった後のことであった。

いつもであれば、露寒軒の講義が始まる頃合いである。

だが、この日は後片付けに取りかかる前に、おさめがおいちと幸松に向かって、この話題を持ち出した。

「だって、この家は占いに代筆屋をやってるんだよ。七夕といえば、願いごとを短冊に書く。これほど七夕と縁の深い家はないじゃないか」

「占いではない。歌占《うたうら》じゃ」

茶をすすっていた露寒軒から、じろりと睨《にら》まれて、おさめはすくみ上がった。

「ひゃっ、申し訳ありません」

だが、露寒軒が聞いていたのならば話は早い――とばかり、すぐに気を取り直したおさ

めは、

「露寒軒さまはどう思われますか？　笹竹を飾ってお客さまに短冊を結んでもらうっていうのは――。もちろん、おいちさんが代筆してあげるっていうことで――」

と、得意げに自分の考えを口にした。

「まあ、七夕といえば、芸の上達を願い、短冊に書いてつるすもの。まあ、今は好き勝手に願いごとを書く者もいるようじゃが、元は歌を書く習いであった。確かに、この家との縁が深い行事ではある」

露寒軒は茶碗を置くと、顎鬚《あごひげ》をいじりながらおもむろに言った。

「えっ、もともとは、短冊に歌を書く習いだったんですか」

おいちが尋ねると、露寒軒はそんなことも知らんのか――という眼差《まなざ》しで、おいちを見た。

その眼差しにかちんときたおいちが、何か言い返そうと口を動かす前に、

「それじゃあ、七夕が今のようになったのは、いつ頃からなんですか」

幸松が中に割って入り、露寒軒に問いかけた。

「ふむ。お前たちは七夕がいかなる意味を持つ風習か、それも分かってはおらぬようじゃ」

もったいぶった様子で呟《つぶや》いてから、露寒軒は改めて口を開いた。心なしか口許《くちもと》はゆるみ、嬉《うれ》しそうである。

「これは、そもそも古い習わしで、初めから笹竹に短冊を結び付けていたわけではない。笹竹を飾るようになったのも、町人や百姓たちまでこの習わしが広まったのも、ごく最近のことじゃ」

「古い習わしって、いつ頃のことですか」

おいちは先ほどの不愉快さも忘れて、訊《き》き返した。

「うむ。都《みやこ》が奈良にあった頃、唐より伝わったらしいな。当時は遣唐使といって、本朝の使いの者が唐へ出向いていって、さまざまなものを伝えたのじゃ。その中に、乞巧奠《きっこうでん》という行事があった」

「きっこうでん――?」

おいちは初めて聞く言葉だった。

「さよう。これは、牽牛《けんぎゅう》と織女《しょくじょ》の二つの星に、技芸の上達を願うものじゃ。それが本朝でも宮中の行事として行われるようになった。この時は、笹竹などは用いられていなかった。庭に祭壇を据えて、五色の糸を金銀の針七本に通して楸《ひさぎ》の葉に刺したものをお供えしたという。他にも、鮑《あわび》や果物などもお供えしたようだ」

「果物って、どんなものをお供えしたんですか」

幸松が尋ねた。

「そうじゃな。確か、桃に梨……であったと思う」

露寒軒は記憶をたどるようにして答えた。

「えっ、梨――」

おいちは思わず大きな声を出してしまった。

今、七夕の日に祭壇を作って、梨をお供えするような家はないだろう。だが、遠い遠い昔、祭壇に梨を供えて祈りを捧《ささ》げる風習があったと思うと、なぜだか胸が熱くなる。まして や、七夕は一年に一度、彦星と織姫が相逢《あ》う日なのだ。

「まあまあ、そうと聞いたら――」

いつもは、露寒軒の講義が始まると、そそくさと食事の後片付けに立ってしまうおさめが、この日はずっと座り込んだまま動かないでいる。

「いっそのこと、この家では昔の乞巧奠の風習をよみがえらせて、足を運んでくださったお客さまにお見せしなくちゃいけませんね」

おさめの発案に、おいちも胸を高鳴らせた。

「七夕の日に来てくださったお客さまへのご奉仕というわけですね」

引き札にそのことを書いてもいいかもしれない。そうしたら、七月七日を目当てにやって来る客もいるだろう。

「待て待て。まことに乞巧奠を再現させようというのなら、間違いのないようにしなければならん。確か、お供え物は七種か八種ほどもあったはずじゃ。わしもしかとは覚えておらぬゆえ、文献を調べなくてはならんが……」

露寒軒の声にも張りがあった。

「おいらもお手伝いさせてください」

幸松がわくわくした様子で、力のこもった声を出す。

「それにしても、どうして針をお供えしたんですか」

おいちが素朴な疑問を口にすると、露寒軒の眉が上がった。しかし、その口が動くよりも先に、幸松がすばやく口を開いた。

「それは、織姫が機織りをするお姫さまだからですよ。布を織る、着物を縫うっていうのは、織姫の仕事ですからね。だから、お針仕事が上達するようにっていう気持ちだったんですよね、露寒軒さま」

「さよう。まあ、針仕事ばかりではなく、詩歌管弦《かんげん》の上達なども祈った。乞巧奠では琴や琵琶《びわ》を祭壇に捧げ、和歌を詠《よ》み、管弦の遊びをしたという」

「その時に詠んだ和歌を、紙に書いてつるしたのが、今のように笹竹に短冊をつるすようになったんですね」

幸松の言葉にいったんうなずきかけた露寒軒は、その動きを途中でやめると、少し考え込むふうに沈黙した。それから、正確な言葉で言い直した。

「まあ、大まかにはそういうことだが、昔は和歌を梶《かじ》の葉に書いたらしい。梶の葉は乞巧奠には欠かせぬもので、角盥《つのだらい》に水を張ったものに梶の葉を浮かべて、先ほどの祭壇に飾り、そこに映る星を眺めるのも行事の一つだったのじゃ」

「まあ、夜空の星を眺めるのではなくて、水の面《おもて》に映る星を眺めたのですか」

声を上げて大きな溜息《ためいき》を漏らしたのは、おさめであった。

おいちは水盤に映る星々を想像してみた。昔の人は、何という趣深い方法を考え出したのだろうか。

「昔は、笹竹を飾る風習はなかったゆえ、和歌を書いた梶の葉は、何か別のものにつるしたのだろう。それが何かは、残念ながら分からぬが、この時、墨を磨《す》る水に特別なものを使ったことは分かっておる」

「えっ、特別な水《ひ》――？」

おいちは心を惹かれて訊き返した。

「さよう。芋茎《ずいき》の葉にたまった露を集めて、墨を磨るのじゃ」

「どうして、芋茎の葉の露なんですか」

「この露で磨った墨で字を書くと、字が上達すると言われておる」

「まあ」

おいちが胸を高ぶらせて声を上げるのと、

「それじゃあ、おいちさん。今年は芋茎の葉の露を、ぜひとも集めてこなくちゃいけないね」

おさめが励ますように言うのが同時だった。

「おいち姉さんはそんなことをしなくても、十分に上手ですけれどね」

幸松がにこにこ笑いながら言ったが、

「あっ、でも、おいら。おいち姉さんのために芋茎の葉の露をたくさん集めてきますよ」

と、熱心な口ぶりで言い足した。

「いいや、おいちさんだけじゃなくって、あたしたちもその露で墨を磨らせてもらおうじゃないか。ねえ、幸松。ついでに、露寒軒さまもいかがですか」

ここが最も重要なところなのだというように、おさめが力をこめて言う。

確かに、この四人の中で、最も字の上達が望まれる人物だったかもしれない。もっとも、本人がそれを望んでいるかどうかは別のことで、

「ふんっ。わしにはさようなことは必要ない」

露寒軒の返事はにべもなかった。それを聞くなり、おさめが残念そうに溜息を吐《つ》いた。それが予想外に大きかったので、露寒軒が不審げな顔をおさめの方に向ける。

「それにしても、芋茎の葉の露で墨を磨ると、字が上達するのはどうしてなんでしょうか、露寒軒さま」

幸松が慌てて、露寒軒の意識を自分の方に引きつけた。

「なぜ芋茎の葉なのか、ということはわしも知らぬ。しかし、露は牽牛と織女のはかない逢瀬《おうせ》を言い表しているのではないかと、わしは思う」

露寒軒は幸松の方へ向き直ると、一首の歌を口ずさんだ。


たなばたのとわたる舟のかぢの葉に　幾秋書きぬ露のたまづさ

その後、露寒軒は説明を続けた。

「これは、藤原俊成《しゅんぜい》という人の歌じゃ。今から五百年ほど昔の人だが、この頃にはもう、梶の葉に願いごとを書き記していたということが分かる」

「たまづさは文のことでしたよね」

おいちが知って間もない知識を、嬉しそうに口にした。わざわざ言うほどのことでもあるまいと、露寒軒が苦虫を嚙《か》み潰したような表情になる。

「ここでは、願いごとを書いた梶の葉のことであろう。つまり、七夕の天の川の門《と》を渡ってゆく船の舵《かじ》――ここは掛詞《かけことば》になっているわけだが――その『かじ』に通じる梶の葉に、秋が来る度、はかない願いごとを書いたことだ。まあ、こんな意味であろう。露とははかないもののたとえとして、和歌の中では使われる。露のたまづさとは、願いごとがなかなか叶《かな》わないことを言うのだろうが、牽牛と織女のはかない逢瀬も暗示している。つまりだ、そのような二つの星の想いがこもった露を使って墨を磨れば、字も上達するに違いないということだな」

「そうやって考えると、露は織姫の流した涙のようにも思えますね」

おいちがふと思いついたことを口にすると、露寒軒がおっと目を見開くようにした。

「お前にしては、めずらしく冴《さ》えたことを申すではないか」

「めずらしく、って、どういうことですか」

「言葉通りの意味じゃ。いや、めずらしくというより、初めてと申すべきであったかの。わしとしたことが、言葉は正確に使わねばならない」

露寒軒がぶつぶつ言うのに、おいちが口を開きかけると、

「そういえば、七夕といえば、小津屋の美雪さんが嫁入りするのが、この日でしたよねえ」

気を遣い続けて、もはや疲れ果てていた幸松に代わって、この時はおさめが割って入った。

「そうでしたね。あの美雪さんがいよいよお嫁さんになるんですねえ」

おいちは美雪の花嫁姿を想像して、胸を熱くした。

「花嫁衣裳《いしよう》ももう出来上がっているのかしら」

「小津屋さんでそろえるものだから、きっと上等なものなんだろうねえ」

おさめが素直にうらやましさのこもった声で言った。

「あっ、それなら――」

その時、幸松が思い出した様子で声を上げた。

「もう小津屋さんに届いているそうですよ。何でも、小津屋さんが独自に作らせた紙の花嫁衣裳なんだそうです」

「えっ、紙の花嫁衣裳――?」

おいちとおさめが同時に声を上げた。

「それ、全部、紙でできてるってこと？　それとも、一部だけなの？」

「どこで作らせたのかしら――。まさか小津屋さんで作ったってわけじゃないでしょう」

「美雪さんって花嫁衣裳を着るのは二度目よね。もしかして、前の時も紙の衣裳だったの？」

　女二人が浴びせかける質問に、幸松はたじたじになった。

「えっ？　おいら、見たわけじゃないから、分かりませんけど……」

「それより、幸松。あんた、その話をいつ知ったのよ」

　おいちはじろりと幸松を見つめながら、続けて問うた。

「えっと、二日くらい前だったかな。引き札を配ってたら、あずさ屋の手代《てだい》さんにたまたま会って……」

　あずさ屋は、小津屋の向かいにある筆屋で、幸松の前の奉公先である。

「どうして、二日も黙っていたのよ！」

　おいちは幸松を頭ごなしに叱りつけた。幸松がびっくりして身を縮める。

　紙の花嫁衣裳などというめずらしいものがあるのなら、ぜひともこの目で見てみたい。できれば、美雪がそれを身に着けた姿を見たいが、婚礼の席に招かれることはまずないだろう。ならば、せめて当日でなくても、それより前に花嫁衣裳だけでも見たい。訪ねていけば、おそらく美雪は快く見せてくれるに違いなかった。

「ねえ、おさめさん。小津屋さんに行って、美雪さんの花嫁衣裳を見せてもらいましょうよ」

おいちが誘いかけると、

「そうだねえ。真っ白な花嫁衣裳、あれは何度見てもいいもんだよねえ」

おさめもうっとりとした表情でうなずいた。

「幸松、あんたも見たいわよねえ」

おいちは幸松がうな垂れていることにも気づかず、決めつけるように言った。

「えっ、おいらは別に……」

幸松が口にしかけた言葉は、おいちの耳には入らなかった。

「露寒軒さまもご一緒に参りませんか。その日は、歌占も代筆もお休みってことにして——」

露寒軒は憮然《ぶぜん》とした顔で、おいちを睨みつけた。

「何ゆえ、このわしが女子の着物一枚見るためだけに、日本橋くんだりまで行かねばならんのじゃ！」

「着物じゃありませんよ。花嫁衣裳です。それに、紙でできてるんだそうです」

「それは聞いた。別に騒ぎ立てるほどのことでもあるまい。お前たちは見に行きたければ、勝手に行くがいい」

露寒軒はさばさばした口ぶりで言った。この調子では露寒軒は意を変えまい。

「それじゃあ、おさめさん。あたしたちだけで行きましょうよ。もう出来上がってるのなら、早いうちの方がいいわ。祝言の日に近くなったら、ご迷惑だもの」

「そうだね。善は急げっていうから、いっそのこと、明日、三人で行っちまおうか」

おさめが浮き浮きとした調子で応じた。

「えっ、おいらもですか？」

幸松が困り切った顔つきで言い、助けを求めるふうに露寒軒の方を見たが、幸松を助ける言葉はその口からは出てこなかった。その代わり、

「ええい、いつまでおしゃべりをしておるのじゃ。早くこの散らかしたままの膳を片付けぬか」

と、怒声が飛んだ。

「あらまあ、これは相済みません」

自分の仕事を思い出したおさめが、慌てて立ち上がって露寒軒の膳を下げた。おいちと幸松の二人も、とばっちりを食らうわけにはいかぬとばかり、急いで膳を台所へ運ぶのを手伝った。

二

露寒軒の家では、七夕に向けて、笹竹を用意して客に短冊を書いてもらい、また七夕の当日には、昔の乞巧奠の儀式を分かる限り忠実に再現してみせる、ということが決まった。

その仕度に向けて、皆が忙しくなる。

ならば、その前に紙の花嫁衣裳を見せてもらおうということになり、おいちとおさめ、さらに強引に仲間入りさせられた幸松の三人は、翌日、日本橋大伝馬町の小津屋へ向かった。

「どうせなら、短冊用の紙も小津屋さんで買いましょう」

おいちが提案し、その買い物も用事の中に含まれることになった。

「久しぶりに、あずさ屋の主人に挨拶してまいれ」

露寒軒からそう言われた幸松は、「はい」と神妙な顔でうなずいた。

三人が出かけている間、露寒軒は乞巧奠について書かれた文献を調べるというので、この日は三人が帰ってくるまで客は通さぬということにして、玄関口には休業の札を掲げたままにしておく。

朝早く梨の木坂の家を出た三人は、朝の四つ前（午前十時）には日本橋に到着した。

「おいら、先にあずさ屋さんにご挨拶してきます」

幸松は大店《おおだな》の立ち並ぶ通りまで来ると、きびきびした口ぶりで、おいちとおさめに言った。それがいい——と、おいちたちも言い、幸松と別れた二人はそのまま小津屋の暖簾《のれん》をくぐった。

「いらっしゃいませ」

手代の男たちが、声を出して迎えてくれる。店内をざっと見回すと、四人の手代が客の相手をしたり、見本帖《みほんちょう》の整理をしたりしていた。他には、用事を言いつけられるのを待つらしい小僧が二人ばかり控えている。

その四人の手代の中に、仁吉はいなかった。

「美雪さんも仁吉さんも、店には出ていないようですね」

おいちは手代たちが近付いてくる前に、こっそり傍らのおさめにささやいた。

「祝言の仕度で忙しいのかねえ」

おさめも首をかしげながら、ひそひそと応じた。

だが、支配人の娘である美雪はともかくとして、仁吉までが祝言の仕度のため、店の仕事をしないということはあるまい。何か別の用事で外へ出ているのか。

「あのう、仁吉さんはいらっしゃいませんか」

おいちが近付いてきた手代に問うと、仁吉とあまり齢《とし》の変わらぬ手代は急に狼狽《ろうばい》した。

「そ、その、仁吉はただ今、ちょいと出られないのですが……」

はっきりとした理由は口にしない。

「外回りの御用で出ているのですか」

「いや、そういうわけでも……」

奥歯にものの挟まったような物言いだった。

それ以上、仁吉を出せと粘ることもできなくて、

「それじゃあ、七夕に飾る短冊の紙を少しいただきたいんですけど……」

おいちは応対に出た手代に、そう申し出た。

花嫁衣裳を見せてほしいなどという頼みごとは、美雪か仁吉にしか言い出せない。二人のうちのどちらかは店にいると勝手に思い込んでいたので、おいちはがっかりしてしまった。

「七夕の短冊用なら、ただ今、たくさんご用意してございますので、お持ちいたします」

手代はほっとした様子で、おいちとおさめを縁台に案内すると、品物を取りにいったん店の奥へ入ってしまった。

やがて、戻ってきた手代は、短冊について説明し始めた。

「短冊の色は五種類となっております。青、朱、白、紫、黄でございます。これは、五行《ごぎょう》の教えからきておりまして、人の五つの徳を表すもの。本来は紫ではなく黒なのですが、黒では墨で書けませんから、当店では代わりに薄紫をご用意しております」

「薄様《うすよう》はないんですね」

手代が見せてくれる紙を確かめながら、おいちは尋ねた。

「短冊に、あまり薄い紙は適しておりません。分厚くて丈夫な方がよろしいかと存じます」

確かに、その通りだろう。手に取ってみると、しっかりとした手触りだった。

客に願いごとを書いてもらうか、もしくはおいちが代筆して、笹竹に結び付けるのは客を喜ばせるだろう。だが、この場合、金は取ってもよいものなのか。あるいは、取らない方がよいのか。

金を取らなければ、短冊を買った分だけ損をすることになるが、代筆屋の新たな客を獲得したいおいちとしては、ここは悩ましいところであった。

できれば、そういうことも美雪に相談したかったのだ。

だが、この初対面の手代に、今までの事情をすべていちいち語るのも面倒である。取りあえず、手軽な値のものを五枚ずつくらい買っておこうか——そう、おいちが考えをめぐらした時であった。

店の奥から、甲高い叫ぶような声が聞こえてきた。

女のものだが、美雪の声ではない。客とひと悶着《もんちゃく》でもあったのか。

おいちとおさめが思わず顔を見合わせると、奥の部屋に通されていたらしい客が激しい足取りで、店の方に飛び出してきた。店内にいた他の客も驚いているし、手代たちは顔色を蒼《あお》ざめさせている。

現れたのは、顔を怒りで朱に染めた初老の女であった。

女の後から現れたのは、美雪と仁吉、それに、羽織をつけた格好といい年齢といい、おそらく小津屋の支配人と思われる男であった。

「とにかく、あたしは断じて認めないからね。そのことをよおく覚えておいて」

初老の女は、後に従ってきた三人に向かって、嚙みつくような調子で言った。

美雪も仁吉もまるで別人のように、やつれた表情をしている。落ち着いて見えるのは支配人だけで、

「そうおっしゃっても、当方の考えは変わりませんよ」

と、女に向かって静かに告げた。

「いつまでそう言い続けられるもんかね」

初老の女は、うっすらと笑みを浮かべてみせると、美雪にじっと目を当てた。

「美雪さん、あんただって、自分一人幸せになろうってんじゃ、寝覚めが悪いだろう。あんたが追い出した男が、不幸せのどん底をはいずり回ってるっていうのにさ」

「……お義母《かあ》さま」

美雪の口から、苦しげなかすれた声が漏れた。

「その男を救うことがあんたにはできる。そして、あんた自身も幸せになれる。あたしは、その方法を教えてあげただけなんだよ。まあ、よく考えてみることだね」

初老の女はそれだけ言うと、草履を履いて店を出ていってしまった。

誰も声をかけず、見送ろうともしない。女が去った後は、店内は嵐の後のように静まり返った。

(美雪さん、あの女の人のことを、おかあさまって呼んでいた。ということは、あの人が前の旦那さんのお母さんってことなの?)

あまりの出来事にびっくりして、おいちは声も出せない。

その時、小津屋の暖簾がかすかに動いて、幸松がおずおずと顔を見せた。誰もが動き出せないでいる店内へ入ってきた幸松は、おいちとおさめの脇に寄った。

「おいち姉さん、おさめさん」

幸松はおいちの袖をそっと引いた。

「えっ、ああ、幸松。あずさ屋さんに挨拶はしたのね」

ようやく我に返って、おいちは訊いた。それが、小津屋の店内の凍りついた雰囲気を溶かすきっかけになった。

「おいちさん、それに、おさめさんもいらっしゃっていたのですね」

美雪がおいちたちに気づき、気を取り直して声をかけてきた。

「はい。七夕の短冊を買いに来ました」

今の騒動を見てしまった後、花嫁衣裳を見せてほしいなどと言い出せるはずもなかった。おいちは買おうと決めた厚様の短冊を、応対してくれた手代に言って、包んでもらった。

そのまま帰るべきかどうしようか迷っていると、

「小津屋の支配人でございます。お客さまたちは戸田さまのお宅の方なのですね」

と、美雪の父の支配人が話しかけてきた。

おいちもおさめも顔を合わせるのは初めてである。頭を下げて挨拶を返すと、

「美雪や。わざわざお得意さまが足を運んでくださされたのだ。いつもお世話になっているのだから、皆さまをどこかにお連れしてはどうかね。芝居でも浄瑠璃《じょうるり》でも買い物でも、お客さまのお望みのところへご案内しなさい」

と、支配人はいきなり美雪にそう勧めた。

仰天したおいちとおさめが断りかけると、

「もちろんお代はこちらで持たせてもらいますよ」

と、支配人はおいちたちに穏やかな微笑を向けて言う。だが、その目の中には、どこか切羽詰まった色があった。

もしかしたら、支配人は美雪を一人にしたくないのかもしれない。あるいは、この店の外へ連れ出してほしいのかもしれない。

おいちは支配人の胸の内が少し分かったような気がした。

「あのう、お芝居も浄瑠璃もけっこうですけど、あたし、美雪さんに相談したいことがあったんです。露寒軒さまのお宅で、七夕の日にお客さまをお迎えして、いろいろやろうと思ってるんですけど、その仕度をそろえるのにお付き合いいただければありがたいです」

おいちがそう言うと、支配人はほっとした様子でうなずいた。

「大事なお客さまのお申し出だ。お前はそのお仕度にお付き合いして差し上げなさい」

支配人は美雪に言い、その背を押した。美雪は虚《うつ》ろな眼差しをしていたが、言われるままに「はい」とうなずく。その美雪の様子を、傍らで仁吉が心配そうに見つめていた。

「先ほどのことは、お前が案ずることなど何もない。私と仁吉とで何とかするから、お前はもう忘れてしまいなさい」

支配人はそう言ったが、それも耳には入らぬ様子で、美雪は返事もしなかった。

それから、おいちが短冊を受け取ると、美雪を入れた四人は連れ立って小津屋を出た。

「まずは、茶屋にでも入って、これからどうするか考えようじゃないか」

美雪の様子を案じながら、おさめが提案する。それで、駿河町《するがちょう》の方へ向かうことになった。

「お嬢さん」

四人が歩き始めて少しすると、後ろから仁吉の声がした。誰よりも早く、弾かれたように美雪が後ろを振り返る。

「私はお嬢さんのお気持ちに従います。誰が何と言おうと、お嬢さんに従いますから――」

仁吉はきっぱりとした口ぶりで言った。

「仁吉……」

美雪は切ない声で呟いた。それ以上の言葉は出てこなかった。

やがて、美雪は自分の方から仁吉に背を向けると、鈍い足取りで歩き出した。おいちたち三人は美雪を案じながら、その周囲を守るようにして歩き出す。

仁吉はその姿が見えなくなるまで、店の中には入らず、ずっとその場に立ち続けていた。

三

呉服商越後屋の客で賑わう駿河町の中心部を抜け、少し先に落ち着いた佇《たたず》まいの茶屋を見つけたおいちたちは、そこの店の暖簾をくぐった。暑い夏のことで、木陰を利用した店前にも客のための縁台が設《しつら》えられていたが、仕切りのある席が空いていればそちらにしようとおさめが言い、おいちも賛成した。

案の定、茶屋の客は風の吹き抜ける外の席を選ぶらしく、中の席は空いていた。他の客と仕切られている席を都合してもらったが、中の客は少なく、小声で話せば内容を聞かれることもなさそうである。これならば、美雪の込み入った事情を、聞き出すこともできるかもしれない。

茶屋の女中が四人分の茶を運んで去ってしまうと、おいちは改めて美雪を見つめた。美雪は茶碗を手に取ろうともせず、虚ろな表情をしたままである。

「美雪さん」

おいちも茶碗には手を触れぬまま、美雪を呼んだ。美雪はのろのろと顔を起こして、ぼんやりとおいちを見つめている。

「差し支えなければ、あたしたちに美雪さんの悩みを話してくれませんか。今みたいな美雪さん、見ていられません。支配人さんも、美雪さんが思いつめちゃうんじゃないかって心配だったから、あたしたちと一緒にいるよう勧めたんじゃないですか」

「美雪さん。まあ、おいちさんの物言いは、少しきつく聞こえるかもしれないけどさ。あたしもおいちさんの言ってることが正しいと思いますよ」

おさめが昂奮《こうふん》気味のおいちよりは、柔らかな口ぶりで言った。

「何もあたしらは、美雪さんの抱えてる事情を面白半分で聞こうっていうんじゃありません。美雪さんが言いたくないっていうならそれでいいけど、どんな事情なのかは、さっき店にいたから大体分かっちまった。それで、こんな余計な差し出口もさせてもらうんだけど、この手の問題は自分一人で解決しようったって、うまくいくもんじゃない。当事者でない者が中に入ることで、無難に収まることもある。そう思って話してみちゃくれませんか。話すだけでも楽になるってこともあるというし……」

おさめの親身な物言いに心を動かされたのか、美雪は蒼白い顔を上げてから頭を下げた。

「ご心配をおかけしてしまって、お恥ずかしいことです」

「誰にだって、晴れる日もあれば雨の日もある。美しい雪が降る日もね」

おさめが美雪を励ますように言う。美雪はほのかに口許をほころばせた。

「美雪さん、ごめんなさい。あたし、せっかちで粗忽者《そこつもの》で、おさめさんみたいにうまく言えないけれど、美雪さんのことが心配なんです。それだけは本当ですから——」

おいちは少し性急に過ぎた自分を反省して頭を下げた。

「それはもちろん分かっています。おいちさんには申し訳ないと思うし、心配してくれるのをありがたいとも思っています」

美雪の様子はいつも通りというわけではなかったが、少しずつ気力を回復してきているらしい。

おいちとおさめは、美雪が自分から語り出してくれるのを待った。

美雪は気を静めるように、出されていた茶を一口だけ飲むと、ゆっくりと口を開いた。

「先ほど、店に来ていたのは、私の前の夫新右衛門《しんえもん》さんのお母さまです。新右衛門さんのご実家は大きな材木問屋で、お義母さまはお徳《とく》殿とおっしゃいます」

新右衛門が小津屋とは畑違いの家の出だということは、おいちも耳にしていたような気がする。

「新右衛門さんが小津屋を出ていったのは、私のせいです。私が新右衛門さまを追い詰めたのですから――。けれども、小津屋を出たのは新右衛門さんのお考えですし、あちらから苦情を言ってくることもありませんでした。私どももあちらには、ただ新右衛門さんが家を出たとお知らせしただけです。そして、その後は行き来もなくなっていました」

「ところが、美雪さんが新たに婿を取ると聞いて、あちらのおっ母さんが文句を言いに来たっていうわけか」

おさめが気を利かせて、その先を続けて言った。

美雪は困ったように少しうつむく。

「文句というか、私が仁吉を婿に取るのは絶対に認めないと、その一点張りなのです」

「認めないって、おかしいじゃありませんか。美雪さんの婿取りは、小津屋さんの問題で、前の旦那さまのご実家はもう何の関わりもないでしょう？」

おいちは黙っていられず、憤慨した口ぶりで言った。

「まあまあ、おいちさんが怒ったって仕方ないだろ」

おさめは相変わらずの穏やかな口ぶりでおいちを制すると、美雪に向き直って尋ねた。

「つまり、あのお姑《しゅうとめ》さんは、倅《せがれ》の新右衛門さんをもう一度、小津屋の婿の座に戻そうっていう腹なんだね」

「……はい。新右衛門さんが帰ってくるのを待つべきだって――」

美雪は苦悩に満ちた声で言った。

「まあ、おいちさんじゃないけど、それはあまりに身勝手な言い分だって怒りたくもなるよね。ただし、新右衛門さんが行方知れずっていうなら、美雪さんの方から縁を切るのは難しいかもしれない。ところで、離縁状の方はどうなってるんです？」

「新右衛門さんは出てゆく時に、離縁状を置いていきました。それに、新右衛門さんは行方知れずなわけではありません。お義母さまは今、新右衛門さんが深川で長屋暮らしをしているとおっしゃって、わざわざその場所まで教えてくださいました」

「あらま、そりゃ、あきれた話だね。美雪さんの方から迎えに行けとでも言うつもりかね」

おさめが目を剝《む》いて言うと、

「そうはおっしゃいませんでしたが、それを望んでおられるのでしょう」

と、美雪は暗い声で言い、そっと溜息を漏らした。

「だけど、新右衛門さんに戻ってくる気なんてあるのかねえ。もし本気で本人が戻ってきたいと思ってるのなら、おっ母さんを小津屋に行かせたりせず、自分で頭を下げに戻ってくるのが筋なんじゃないかねえ」

「私の父もそのように申しました。新右衛門さん自身が現れない以上、その言い分を信じることはできない、と――。すると、お義母さまは今説得しているところだとおっしゃるのです」

「説得してるってことは、新右衛門さんに戻る気がないってことなんじゃありませんか」

おいちが身を乗り出すようにして口を挟むと、美雪は悲しげな表情を浮かべた。

「私もそのように思います。ただ、新右衛門さんは昔、馴染《なじ》みだった遊女とはもう縁を切ったのだそうです。というより、その人が別の殿方に身請けされることになったのだとか。それで、新右衛門さんは気が抜けたようになり、暮らしぶりも荒れ、今では日雇いに出ることもできないほど、体を悪くしてしまったって――」

「だから、小津屋さんに戻せって言うんですか。勝手ですよ！」

おいちは聞けば聞くほど腹が立って、落ち着かなければいけないと思うのだが、つい言葉が口を衝《つ》いて出てしまうのをどうすることもできなかった。

「ですが、新右衛門さんがそのように荒れてしまったのは、元はといえば、私のせいなのですし……」

美雪は力のない声で呟いた。

美雪の声や表情からは、新右衛門への怒りの念はまったくうかがえない。ただ、新右衛門に対して申し訳ない、済まないことをしたという気持ちに凝り固まっている。

そんな美雪の様子が、おいちにはもどかしくてならなかった。

しっかり者で聡明ないつもの美雪は、一体、どこへいってしまったのか。

「私は……このままではいけないと思うのです」

美雪は膝の上に置いた手をぎゅっと握り締めながら、思いつめたような口ぶりで言った。

「このままではいけないって、どういうことですか」

おいちは嫌な予感を抱きながら、美雪に訊き返した。

美雪はまさか、新右衛門を差し置いて、自分一人が幸せになってはいけないと思い始めているのではないか。

「このまま、私が……仁吉を婿に迎えては……いけないのじゃないか、と――」

美雪の膝の上の拳が小刻みに揺れていた。美雪はもううつむいたまま、顔を上げようともしない。

「いけないとか、いけなくないとか、そういうことではないと思うけどねえ」

おさめが場違いなくらい、のんびりした声で言った。

「じゃあ、美雪さんは仁吉さんと祝言を挙げないっていうの？　それで、新右衛門さんに戻ってきてもらうとでも――？」

口に出して言ううちに、おいちの方はますます怒りが募っていった。

美雪に腹を立てるのは筋違いだとは思うのだが、いつになく優柔不断な美雪にも怒りを覚えてしまう。

「……そういうわけでは、ありません」

美雪はいつの間にか、顔を上げると、張り詰めたような眼差しをおいちに向けて言った。

「けれど、このままでは私は前には進めないのです。私は今、私がしなければならないことをいたします」

美雪はそう言うなり、床に手をついて立ち上がろうとした。

「待って、美雪さん！」

美雪の隣に座っていたおいちは、思わず美雪の腕にしがみついた。

「美雪さん、どこへ行こうっていうの」

美雪はおいちの方へ顔を向けようともせず、返事もしようとしなかった。

「ねえ、美雪さん。しなければならないことって何ですか。まさか、新右衛門さんのところへ行こうっていうわけじゃないですよね」

おいちはなぜだか泣き出したいような気持ちになり、必死に問うたが、美雪の返事はない。その時、おさめがやんわりと「美雪さん」とその名を呼んだ。

「支配人さんが言ってましたよね。この件はご自分と仁吉さんとで、どうにかするって。だったら、あまり深く思いつめず、ここはお二人に任せておいたらどうですかね。美雪さんにはもちろん、新右衛門さんにも悪いようにはなさらないと思いますよ」

「私の父は……きっと新右衛門さんに、何がしかの金品を渡して、けりをつけるつもりだと思います」

美雪は震える声で言った。それは耐えがたいという響きを宿していた。

「新右衛門さんはお金に困っている。なら、支配人さんのなさることは間違ったことじゃないと、あたしは思いますよ。案外、あのお姑さんってのも、そのあたりでけりをつけようって魂胆なんじゃないかねえ。新右衛門さんを店に戻すのは、まあ、どう転んだってあり得ない話だ。ちょっとした八つ当たりってとこだったんでしょう」

「新右衛門さんがお金を受け取るっていうのなら、もちろんそれでいいんです。けれど、新右衛門さんはそれで傷つくのではないでしょうか。だから、それより先に、私は新右衛門さんにきちんと謝らないと――」

美雪の口ぶりはしだいに熱っぽくなっていった。だが、その顔色はますます蒼白さを増してゆくようである。

「私、やっと分かりました。私が今、何をしたいのか。何をしなければならないのか。私はかつて、新右衛門さんに一度もきちんと謝ったことがありません。でも、私はずっと、謝りたかったのです。新右衛門さんが私の許を去り、それが私のせいだったと気づいた時からずっと――」

美雪は熱に浮かれた調子で言うと、しがみつくおいちの手を振り払って、立ち上がろうとした。

「いけないわ、美雪さん。それは、やってはいけないことよ」

おいちはいっそう力をこめて、美雪にすがりついた。美雪は腰を上げかけたものの、おいちの力に押さえつけられたまま、その手を振り払うことができない。二人はしばらくもみ合っていたものの、やがて、美雪が体から力を抜いた。

「今、美雪さんが行けば、仁吉さんは傷つきます。仁吉さんが傷つくことを、美雪さんは望んでいるんですか」

おいちは少し息を荒くしながら、美雪に問うた。腕の力は抜いたものの、なおも美雪の袖は放さないままでいる。

「美雪さんは、新右衛門さんが傷つくのは心配しているのに、仁吉さんの傷については見ないふりをしようとしている。それって、間違っているでしょう？　だって、美雪さんはもう仁吉さんを想っているはずなのに……」

美雪と争った後の息苦しさは、もう静まっていた。だが、それなのに、おいちの声は徐々に聞き取りにくくなっていった。どうしてこんなに胸が痛むのだろう。涙ぐんでしまうほどに――。

だが、その理由は仁吉の名を口に出した時から、おいちにはぼんやりと分かり始めていた。

（あたしは仁吉さんに、あたし自身を重ねているんだ……。美雪さんから、ほんの少しの間だけとはいえ、置き去りにされそうな仁吉さんに――）

もちろん、美雪は仁吉の前から姿を消してしまうわけではないだろう。だが、美雪が新右衛門のところへ行ってしまえば、二人の仲は変わってしまうような気がする。もう前の――少年の頃から心を傾けて美雪を恋い慕ってきた仁吉と、年下の奉公人だったその男を知らず知らずに頼り、想いを寄せていた美雪——そんな二人では、なくなってしまうのではないか。

「美雪さんは、仁吉さんのことをないがしろにしてもかまわない身内のように思っているのよ」

不意に、おいちは冷淡な口ぶりになって、美雪を責めるように言った。自分がこんなにも意地悪で嫌な声が出せるのだということが不思議だった。それでも、おいちの口はもう止まらなかった。

「他人《ひと》さまと身内を比べた時、身内には悲しい思いをさせてもいい、我慢してもらうのも仕方がないって考えてるんじゃありませんか。身内は二の次でいいから、他人さまを大事にしなければならないって——」

美雪が目を見開いて、おいちを見つめていた。驚きと悲しみに張り詰めたその目を、おいちは冷たく見返した。

「美雪さんは新右衛門さんが身内だった時は、新右衛門さんをないがしろにしていたのでしょう？　それで、今度は新右衛門さんが身内じゃなくなったから、申し訳ない、大切にしなくちゃいけない、と思ってる」

「私は……」

美雪は口を開いたが、言葉はそれ以上続かなかった。おいちはさらに言葉を継いだ。

「美雪さんは間違っている。身内を誰よりも大事にしなくちゃいけないのよ。あたしの父さんは、どんな理由があったのか知らないけれど、身内を捨てた。あたしのお祖父《じい》さんは、母さんが世間さまに顔向けできないことをしたって、母さんとあたしを蔵に住まわせて母屋へは入れてくれなかった。だけど、身内になら何をしてもいいの？　あたしや母さんがそれで傷つかなかったとでも――？　そんなことあるはずがないでしょう。あたしだって、母さんだって――」

「おいちさん」

おさめがおいちをたしなめるように口を開いた。

おいちは我に返った。我知らず声を荒らげていたが、自分が身内からどんな扱いを受けてきたかということは、今この場では何の関わりもないことだった。自分はただ、仁吉に自分のような悲しみを味わってほしくないと思っていただけなのに……。

おいちが口をつぐむと、代わりにおさめが口を開いた。

「美雪さんは商人《あきんど》の家で育ったんだ。自然とそういう考えになっちまうのも、仕方がないと、あたしは思うよ。商人の気質っていうのは、お客さま――まあ、つまりは他人さまを神さまみたいに崇《あが》めるものだからねえ」

おいちの言い分を後押ししているのか、それとも、美雪を慰めるつもりなのか、そのいずれとも取れるような言い方で、おさめが言った。

「でもねえ、美雪さん。他人さまを傷つけていいとは言わないけど、やっぱり誰よりも大切にしなくちゃいけないのは、身内なんじゃないかねえ。最後の最後になって、美雪さんの味方をしてくれるのは、美雪さんが申し訳ないと思ってる他人さまじゃなくって、身内なんですよ、きっと――」

おさめは言い、腰を上げると、美雪の前の席から机の脇を回って、美雪の横へ場所を移した。そして、膝の上の美雪の手を、両手で握り締めた。

「美雪さんが今、一番大事にしなくちゃいけないのは、身内の仁吉さんってこと」

最後に、力づけるようにおさめが言う。

美雪はうつむいたまま、おさめに手を取られるままにしていた。おいちはようやく、つかんでいた美雪の袖を放した。

その時だった。

「あのう」

それまで黙っていた幸松が、かなり思い切った様子で口を開いた。

「おいち姉さんの言い分と美雪お嬢さんの言い分を、両方聞いたらいいんじゃないですか」

どうやら、幸松はこれまでのかなり込み入った大人の話を全部聞き、自分なりに理解しようと努めていたらしい。

「えっ、両方って――？」

おいちは虚を衝かれたような顔をして訊き返した。

「美雪さんは新右衛門さんに謝りたい、けど、おいちさんは新右衛門さんに会ってはいけないと言う。その両方を聞くってことは……。あっ、そうか」

おさめは途中で幸松の言い分に気づくと、にっこりと微笑《ほほえ》んだ。

「こんなうまいことに気づかないなんて、おいちさんとしたことが迂闊《うかつ》だったね」

おさめは悪戯《いたずら》っぽい笑みを浮かべて、おいちに目を向けた。

「えっ、あたしには何のことだか。おさめさんには分かったんですか」

おいちがきょとんとした顔つきで訊くと、おさめは心底からあきれた表情をしてみせた。

「案外、鈍い人だね。美雪さんが文《ふみ》を書けばいいんだよ。新右衛門さんへの詫《わ》び状をさ。そして、それを美雪さん以外の者が届ける。そうすりゃ、美雪さんの気持ちはちゃんと新右衛門さんに伝わるだろ」

「ああ――」

おいちはおさめの説明を聞くなり、まるで自分のことのように声を上げ、両手で頰を押さえるようにした。どうして、そのことを思いつかなかったのか、自分でも不思議なくらいである。

「灯台下《もと》暗しっていうのは、まさにこういうことを言うんだろうねえ」

おさめが幸松の賢さに対してなのか、おいちの鈍さに対してなのか、妙に感心した声でしみじみと呟く。

「美雪さん、どうなさいますか」

おいちが改めて尋ねた時にはもう、美雪の心も決まっていたようだった。

ただし、文を書くのに十分考える暇がほしいと言う。

「それじゃあ、新右衛門さんのところへ届けるのはあたしたちにさせてください。あたしと幸松とで、しっかりとお届けしますから――」

おいちが申し出ると、美雪はゆっくりとうなずいた。

「美雪さんはご自分でお書きになられるのですよね」

さらに、おいちが尋ねると、美雪は少し考え、答えが見つからぬ様子で首をかしげた。

「もしかしたら、自分では書く勇気が出ず、おいちさんにお頼みするかもしれません。でも、その場合でも、紙は私の方で用意しようと思います」

美雪はきっぱりと言った。その後で、代筆を頼むにしろ頼まないにしろ、用意ができたら、露寒軒宅に自ら届ける――美雪はそう固く誓った。

その美雪の言葉を、おいちたちは信じた。美雪は誓いを破って、新右衛門に勝手に会いに行ったりするような人ではない。それで、おいちたちは茶屋を出て、美雪を小津屋に送り届けると、そこで別れた。

本郷への帰路に就いたおいち、おさめ、幸松は、しばらくの間、無言で歩き続けていた。

「ねえ、おいち姉さん」

幸松が最初に口を開いたのは、神田川に差しかかった時であった。おいちは立ち止まって幸松を振り返った。

「なあに？」

「おいらとおいち姉さんは、もう身内と同じですよね。おさめさんも――」

返事を気にかけるふうに問う幼い少年の表情に、おいちとおさめは思わず顔を見合わせていた。

幸松にはもう血のつながった身内がいない。おいちには真間村に親戚があるが、すでに付き合いはなかった。おさめには血のつながった息子がいるが、会いに来てくれない限り、自分から会いに行くことはできない。

「そうだったわね。あたし、莫迦《ばか》なこと言っちゃったわ」

おいちは幸松に近付き、その肩に手を置いた。

「あたしが真間村の身内に冷たくされたことは本当。だけど、もう平気よ。幸松やおさめさんがいてくれるから――」

「そうだよ。ちょっとおそれ多いけど、露寒軒さまだっていてくださるんだし……」

おさめもまた、おいちと幸松の傍らに来て、それぞれの手を取りながら言った。

「でも、露寒軒さまにはご立派な身内がいらっしゃるわ。それに、いずれはそちらへお帰りにならなくちゃいけないと思う」

おいちは貞林尼やお凜、柚太郎の顔を思い浮かべながら言った。おさめや幸松もそうだったのだろう。

「うん、そうだよね。あたしもそうなさるべきだと思う」

おさめもうなずいた。

「さあ、帰ろう。露寒軒さまはきっともう、乞巧奠の祭壇にお供えするお品を、調べ上げていらっしゃるに違いないよ」

「そうですね。ああ、その日までに梨はちゃんと実るかしら。梨の木坂の梨の木をお供えできたらいいのに」

それを機に、三人は乞巧奠の話をにぎやかにしゃべり始めた。そこから本郷の露寒軒宅に帰り着くまでの道のりは、ずっと誰かしらが口を動かしており、和やかなおしゃべりが途絶えることはなかった。

四

深川の西大工町、深川稲荷神社の近くの長屋で、大家の名前は十兵衛《じゅうべえ》――そう聞いていたおいちと幸松は、四半刻（約三十分）あまり深川を訪ね歩いて、どうにかこうにか新右衛門の住まいを探し出すことができた。

おさめがついて来てくれれば、なおさら心強かったのだが、

「あまり大勢で押しかけても、新右衛門さんが往生しちまうだろ」

と言って、おさめは深川行きを辞退した。また、おさめのような大人が加わるより、子供だけの方が新右衛門にきまり悪い思いをさせずに済むだろうというので、美雪の文使いはおいちと幸松の二人だけとなったのである。

新右衛門が暮らしている西大工町は、船大工たちが住まう土地であった。新右衛門の実

家は材木問屋であるというから、長屋も実家の知り合いに都合してもらったのだろうか。それとも、西大工町に住みついたから、新右衛門の居場所が実家に知られたのだろうか。

　十兵衛が大家をしている長屋は、幾棟かあったのだが、新右衛門の名を出して尋ねると、

「一番北の左端から二つ目」

と、無愛想な職人ふうの男がすぐに教えてくれた。

おいちと幸松は言われた通りの長屋までたどり着くと、どちらからともなく見つめ合い、互いにうんとうなずき合ってから、おいちが戸を叩《たた》いた。

「新右衛門さん、いらっしゃいますか」

おいちは声を張った。留守なのか返事はない。だが、聞き覚えのない声に、居留守を使われていることもあり得る。

「あのう、あたし大伝馬町の方から使いに頼まれて来たんです」

　このような長屋では、外で話している声なども筒抜けである。小津屋の名前を出してしまえば、新右衛門が困ることもあるかもしれないと思い、おいちは慎重に告げた。

それでも、やはり中からは物音一つしない。本当に留守なのだろうかと、おいちは思い、幸松と顔を見合わせた。

おいちたちの役目は、美雪の文を新右衛門に届けることであって、直《じか》に渡さねばならぬわけでも、返事を持ち帰らねばならぬわけでもない。

留守の場合は置いて帰ればよいのだが、美雪からの文を戸口から差し込むのも気が引け

た。

「留守をしていても、戸は開いてるかもしれませんよ」

今の新右衛門には、盗まれて困るものもないのだろうし、錠などいちいち取り付けてはいないだろう。幸松の言葉にうなずいて戸を横へ引くと、案の定、戸はたやすく動いた。

「失礼します」

一応、声をかけてから、おいちは戸を開けて中へ足を踏み入れた。何かが目に入るよりも先に、煙のにおいが鼻をつき、思いがけないことに、おいちは少し咳《せ》き込んだ。それから目を凝らして中を見ると、何と人がいる。

「あっ！」

おいちは思わず叫び声を上げてしまった。

「何だ、お前ら。人の家の戸を勝手に開けるもんじゃねえぜ」

暗い声でおいちを咎《とが》めたのは、無精髭《ぶしょうひげ》を生やした男であった。

金には困っているという話であったが、そういうものに使う金はあるのか、傍らの床には酒壺《さかつぼ》と茶碗が置かれ、男は煙管《キセル》を吸っている。

幸松も煙管の煙に顔をしかめながら、中をのぞいた。

「新右衛門さんですか」

驚いているおいちに代わって、幸松が尋ねる。

「そうだが、お前ら、誰だ」

新右衛門は煙の奥から、億劫《おっくう》そうな声で訊き返した。

「大伝馬町から来たって、外で言ったじゃないですか」

おいちが言い返すと、「何か人の声はしたようだが、聞いちゃいなかったな」と、新右衛門は濁った声で言う。

髭を生やし月代《さかやき》も剃《そ》らず、よれよれの小袖を着て、昼間から酒を飲む男は、とても大店の若旦那とは見えなかった。だるそうな物言いのせいもあり、生きるのに疲れた四、五十代の男に見える。

「とにかくあたしたち、大伝馬町の――」

もう一度言い直しかけたおいちは、そこでいったん口を閉ざし、

「小津屋さんから頼まれて来たんです」

少し声を落として続ける。おいちの意図を察した幸松がさっと体を中へ滑り込ませると、後ろ手に戸を閉めた。

「小津屋だあ？」

新右衛門は不穏な声を上げた。

「あの店とはもう、縁もゆかりもねえよ」

吐き捨てるような調子で言う。

「小津屋さんっていうより、美雪さんからの御文をお届けしに来たんです。受け取ってください」

おいちがそう告げてから、懐の文を取り出すと、新右衛門の両眼が薄くなった煙の向こうで鈍く光った。

「今さら、俺に文ってのは、どういうつもりだ。そんなことしてる時じゃあるめえ」

新右衛門はわざとのように、乱暴な物言いをした。

「それは、美雪さんがもうすぐ祝言を挙げるってこと、知っていらっしゃるってことですね」

おいちは美雪の文を手にしたまま尋ねた。

新右衛門はふんっと鼻を鳴らすと、

「口うるさいお袋の奴が、わざわざここへ来て知らせてくれたんでね。あんたもこうしてる場合じゃないとどやされたが、俺にはもう関わりねえことさ」

と、横を向いて言った。それから、床に置いた茶碗に酒を注ぎ、乱暴なしぐさでそれをあおる。いらいらした気分を酒で紛らわそうとしているのは、おいちにも分かった。

「新右衛門さんのお母さまは、小津屋さんに足を運んで、新右衛門さんを店に戻すように言ったそうです」

「はあ？　ちっ、余計なことを――」

新右衛門は腹立たしげに言い、音を立てて茶碗を置いた。

「俺は、小津屋に戻るつもりなんぞ、とっくにねえよ」

「それじゃあ、美雪さんが他の方をお婿さんに取ったとしても、かまわないとおっしゃるんですね」

「かまうもかまわねえも――。さっきから言ってるだろう。俺には関わりねえんだって」

「美雪さんはそうは考えていないみたいですよ。新右衛門さんの暮らしが荒れてるって聞いて、心を痛めてます」

「それこそ余計なことさ。俺がどこで野垂れ死のうが、あいつには関わりねえことだ」

「それでも、美雪さんは新右衛門さんに文を書いたんです。どうか、それだけは読んであげてください」

おいちは言うと、草履を脱いで上がり框《がまち》へ上がり、新右衛門の前の床に文をそっと置いた。

美雪からの文は、厚ぼったく見える紙をただ四角く折り畳んだだけのものであった。紙屋の娘が用意したにしては平凡である。値の張る紙を使うわけでも、色の美しい紙を使うわけでもない。包み紙でくるんでもいなかったし、表書きにも何もない。ただ思いついたことを目についた紙に走り書きした――そんな感じの文なのである。

露寒軒宅を訪ねてきた美雪から、最初に文を見せられた時、おいちはそれが下書きなのだろうと思ってしまった。

(きっと、美雪さんはあたしに代筆を頼んでくれるつもりなんだわ)

そう期待をしてしまったほどである。

だが、美雪は露寒軒宅で、文にある言葉を付け足しはしたものの、その無骨でみすぼらしい下書きのような紙をそのまま新右衛門に渡してほしいと、おいちに言った。

「あのう……本当にこれでいいんですか。うちにも、小津屋さんから買っているきれいな薄様がありますから、そちらに書き直されたら――」

おいちが躊躇《ためら》いがちに勧めても、美雪はそのままでいいと言い張った。どうしてその紙でいいのか、という理由までは尋ねることができなかった。

だが、確かに美雪がその紙を選んだことには、深い意味があったらしい。

おいちが差し出した文を見るなり、新右衛門の目つきが変わったのである。暗く虚ろだった新右衛門の眼差しは、まるでその紙を燃やし尽くそうとでもするかのように激しいものとなっていた。

「新右衛門さん……？」

新右衛門はまるで飢えた獣が、餌に飛びつくような調子で、美雪の文をつかみ取った。

おいちは思わず身を退《ひ》いたが、新右衛門はもはやおいちと幸松のことなど忘れたかのように、文に見入っている。

だが、新右衛門は文の中身を読んでいるのではなかった。手に取った後もなお文を開こうとはせず、その無骨な紙を引っくり返したり元に戻したりしながら、何かを確かめようとするかのように眺め回している。

「これは……」

文を開く前に、新右衛門の口から感慨深い声が漏れた。

「どうしたんですか。その紙に何かあるんですか」

おいちはずっと不審に思っていたことを尋ねた。

新右衛門は顔を上げ、今初めておいちに気づいたというような目を向けた。

「これは……私がこれまでにただ一度だけ、自分で漉《す》いた紙だ」

何かを恐れているかのように告げるその声は、まるでそれまでの新右衛門とは別人のようであった。言葉遣いさえも変わっている。

「えっ、新右衛門さんが紙を漉いたんですか」

おいちは驚いて声を発した。

小津屋は紙を売る店であって、紙を漉く職人を雇っているわけではない。職人たちはまとまって、紙作りの盛んな産地に暮らしており、そうした土地を回って紙を買い付けてきた仲買人から、小津屋は紙を買っているのである。

だが、新右衛門は紙屋へ婿入りした後、紙がどのように作られるのか、それを身をもって知りたいと思った。紙職人たちの暮らす産地へ出向いて、試しに一枚だけ紙を漉かせてもらったことがあったのである。

新右衛門はその時のことを訥々《とつとつ》とした口ぶりで語ると、

「私はそれを、美雪にやった……」

と、思い出したように言った。

「それじゃあ、これはその時の紙――?」

おいちは目を瞠《みは》って、訊き返した。

「そういえば、美雪さん。新右衛門さんの文を書く紙は心当たりがあるって、初めから決めているみたいでした」

「こんな……どうしようもねえ、売り物にもならねえ紙を、あいつはずっと持ってたっていうのか」

新右衛門は胸に溜まった何かを、吐き出すようにして言った。

それから思い出したように、新右衛門は文を開いた。それは美雪が自分の手で書いたものであり、おいちは中身を知らない。

美雪は梨の木坂の家に来た時、まず露寒軒の前で言ったのである。

「書きたいことが山のようにあると思っていたのに、いざとなると、何の言葉も浮かんでこないのです。結局、三日も考え続けて、ただ一言しか書けませんでした」

それでいいんだと、誰かから言ってもらうのを待っているような、頼りなさと切実さのこもった表情をしていた。

「たった一言でも重い言葉はある。また、同じ言葉でも、使う者によって重くもなれば軽くもなる」

露寒軒の言葉に、美雪はほんの少し救われたような顔を浮かべたが、それで完全に憂いが晴れたわけではなかった。

「三日間の重みがある言葉ならば、それでよいのではないか」

露寒軒がさらに言うと、美雪はすっと背筋を伸ばした。

「戸田さま、歌占をしていただけませんか」

突然、美雪は言った。露寒軒は承諾し、美雪は長い暇をかけて、差し出された筒からお札を引いた。美雪はそれを自分では見ようとせず、露寒軒にそのまま差し出した。

露寒軒は折り畳まれたお札を開いた。


別れ路はいつも嘆きの絶えせぬに　いとど悲しき秋の夕暮れ

露寒軒は重々しい声で歌を口ずさむと、「新古今集じゃな」と呟いた。

いつもなら、どういう意味なんですかとすぐに尋ねるおいちも、この時はそれができずに黙っていた。無論、おさめも幸松も一言も発しない。

「別れとはいつでも悲しみの絶えぬものだが、秋の夕暮れの別離はますます悲しいという意味じゃな」

露寒軒は誰に言うともなく、和歌の解釈をした。美雪が何を思いながら歌占の札を引いたのか、誰も訊かなかったし、露寒軒も歌の解釈以上のことを口にはしなかった。

ただ、美雪は墨と筆を貸してほしいと、おいちに言った。そして、自ら新右衛門への文に何事か——おそらくはその歌を書き足した。

そして、それをおいちに届けてほしいと頼んだのであった——。

今、新右衛門はその文を開け、美雪の筆跡に目を落としている。新右衛門はそのままじっと動かなかった。うつむいた姿勢のまま、文から目を離そうとしない。

おいちも幸松も息をつめて、新右衛門が動くのを待った。

「ったく……何言ってやがる」

どのくらいの時が経ったのか、新右衛門は初めの頃のような乱暴な口ぶりで言った。だが、その声は少しかすれ気味で、あわれなくらい震えていた。

「新右衛門さん……」

おいちは何と言葉を継いだらよいのか分からず、そこで絶句する。

「お詫び申し上げ候、ただそれより他に、言の葉もなく候――」

「それは……」

「それだけだよ。この紙に書いてあるのはさ。あとは、別れの歌が書いてある。ったく、今さら別れも何もねえんだよ。俺たちはとっくの昔に別れちまってるんだからさ」

新右衛門の声が泣き笑いのようになる。

「新右衛門さん、美雪さんのお文に応《こた》えてあげてください。美雪さんはずっと新右衛門さんに言いたかったことを、そこに書いたはずなんです。だから、新右衛門さんも――」

おいちは思わずそう言っていた。ここへ来た時には、新右衛門の返事など持ち帰ろうという気持ちはまったくなかったというのに、新右衛門の突っ張った態度に接しているうち、どうしてもそう言わずにはいられなくなってしまったのだ。

「返事なんてどう書きゃいいんだよ。詫びねばならねえのはどっちなのか、そのくれえのことは俺だって分かってる」

新右衛門はぶっきらぼうに言い返した。だが、その手には美雪の文がしっかりと握られたままである。

「お詫びなんかしなくていいんです。今の新右衛門さんのお気持ちを、そのまま綴《つづ》ればいいんじゃありませんか」

おいちは懸命に言い募った。

「そう言われたってなあ……」

「あたし、代筆屋をしてるんです。新右衛門さんがお文を書くのをお手伝いさせてください。美雪さんにもしっかりとお届けいたしますから――」

「あんたが……？」

新右衛門が目を見開いて、おいちを見つめた。その表情はそれまでに比べて、ずいぶんと若々しく見える。

初め意外そうだった新右衛門の眼差しが、やがて、おいちの真剣さに動かされたかのように、生き生きと輝き始めた。

新右衛門は酒壺と煙管の盆を、脇へ押しやるなり、

「なら、あんたが手伝ってくれ」

と、おいちから目をそらさずに言った。

五

それから、三日後の六月二十六日のこと――。

おいちは一人で、大伝馬町の小津屋に向かった。店に入って訪《おとな》いを告げると、

「おいちさん！」

待ちかねた様子で、美雪が現れた。

すぐに奥の部屋へ通され、美雪と二人きりになると、おいちは懐から一枚の紙を取り出した。

美雪の表情がさっと強張った。

「受け取ってもらえなかったのですか」

「違います」

おいちはゆっくりと首を横に振った。

「よく見てください。それは、美雪さんが書いたものじゃありません。美雪さんが書いたお文は、今も新右衛門のお手許にあるはずです」

おいちに言われ、美雪は改めて文を手に取ると、それを目の近くでじっくりと見つめ直した。

「これは……」

ややあって、美雪の表情に驚きの色が浮かんだ。

「新右衛門さんから聞きました。新右衛門さんが初めて漉いた紙を美雪さんに差し上げたってこと。その時、美雪さんはその一枚の紙を半分に切って、半分を新右衛門さんに返したそうですね」

美雪は息をつめたまま、無言でうなずいた。

「美雪さんがその紙を大事に持ってなさったように、新右衛門さんもそれを今の今まで持っていらっしゃったんです。今ここで使わなければ、二度と使う折もないからって、新右衛門さんはそれを使って、美雪さんにお返事を――」

美雪はおいちの言葉が終わらぬうちに、もどかしげに文を開き始めた。その細くて白い指の先が小刻みに震えている。

「君が幸ひを願ひをり候。ただそれより他に申すべきことなきにて候」

文に記されているのは、それだけだった。見覚えのある懐かしい新右衛門の筆跡――男にしては線の細い筆遣いである。

そして、その後には別の筆跡で、一首の歌が記されていた。

天の原踏みとどろかし鳴る神も　おもふ仲をばさくるものかは

その筆跡にも見覚えがある。

「この歌を書いたのはおいちさんですよね」

美雪は文から目を上げて尋ねた。

「そうです。あたしが頼まれました。美雪さんがそうしたみたいに、歌を書いてくれって。でも、自分では思いつかないから、いい歌を見繕ってくれって。新右衛門さんの気持ちをあたしなりに理解して、露寒軒さまに選んでいただきました。決して間違ってはいないと思います」

天空を轟《とどろ》かす雷神でさえ想い合う二人の仲を裂くことはできない――新右衛門がこの歌を贈れば、それはこれから祝言を挙げる二人への餞《はなむけ》の言葉となる。

文面はあの日、新右衛門が自分で考え、自分で書いた。おいちが手伝ったのは、歌を添えたところだけである。

新右衛門が「君が幸ひ」と書いた時、傍らで墨を磨っていたおいちは、息が止まりそうになった。

――我が願ひ、君が幸ひのみにて候。

颯太の言葉が――それを綴った文字が浮かんできた。

颯太のその言葉の意味を、自分は今まで深く考えてみたことがあっただろうか。おいちにとって、その言葉は颯太に置き去りにされた思い出と結びついた、悲しい言葉であった。

そこに、颯太の優しさや思いやりを読み取れないわけではないが、颯太は自分の気持ちをまったく分かっていないと思っていた。

颯太と離れ離れになって、自分にどんな幸せがあるのか。颯太は少しも分かっていない、と――。

だが、今、新右衛門は颯太と同じ言葉を美雪にかけている。

新右衛門が今も美雪を大事に想っていることは、おいちにもひしひしと伝わってきた。慕わしく大切な人だからこそ、その人のために、新右衛門が身を退こうとしていることも――。

(颯太も同じ……だったんだろうか)

おいちのために、自ら身を退き、姿を隠したのだろうか。

その時、浮かんだ悲しい問いは、今も答えが出ていない。それからずっと、おいちは心のどこかで颯太の真意を探し続けていた。

「美雪さん――?」

つい自分の思いに沈んでいたおいちは、衣擦れの音に我に返った。美雪は新右衛門の文を手にしたまま、立ち上がろうとしていた。

美雪もまた、おいちの声で我に返った様子であった。

「新右衛門さんに会いに行くつもりですか」

おいちが尋ねると、美雪は自らの軽率さを恥じるような表情を浮かべた。

「やはり……行ってはいけないのよね？」

美雪はおいちに問うというより、自らに言い聞かせるようにして言った。

「いいえ、行ってもいいと思います」

おいちはきっぱりとした口ぶりで答えた。美雪が「えっ……」と小さな声を上げて、おいちに驚いた顔を向ける。

「今の美雪さんなら、行っても平気だって思えるんです。今の美雪さんと新右衛門さんなら、顔を合わせたって大丈夫だって――」

「おいちさん――」

「あたし、実は新右衛門さんから、五日後にこの文を渡すようにって頼まれたんです。新右衛門さんの長屋に行ったのは二十三日のことだから、二十八日に渡してくれって――」

二十八日にはまだ二日の間がある。

「どうして、おいちさん――」

美雪がある予感におののくような声で尋ねた。

「新右衛門さんは、あの深川の長屋から――美雪さんの前から消えるつもりなんだと思います。五日後っていうのは、その仕度をする暇を稼ぐため――。あたし、新右衛門さんに必ず言われた通りにするって誓いました。でも、でも……本当にそれでいいのかって――。新右衛門さんは本当は、最後にきちんとお別れを言いたいんじゃないかって――」

美雪は新右衛門からの文を元のように折り畳み、大事そうに懐に収めると、体ごとおいちに向き直って、その手を取った。

「ありがとう、おいちさん。おいちさんは本当に、人の心を正しく読むことができる人なのですね」

潤みを帯びた美雪の目はとても美しかった。おいちは美雪の手をしっかりと握り返した。

「あたしも一緒に行かせてください。あたし、新右衛門さんの長屋の場所、分かりますから——」

美雪は自分で深川へ足を運んだわけではないから、長屋を訪ね当てるのに時がかかってしまうだろう。

おいちの申し出を、美雪は心から喜んで受け入れた。

二人はそれからすぐに、小津屋を出て深川へ向かった。

美雪が雇ってくれた駕籠《かご》に乗り、両国橋を通って川向こうへ行く。幸松と行った時は徒歩で時もかかったが、この日はたいそう早かった。

西大工町まで駕籠で連れていってもらい、新右衛門の暮らす長屋の近くで駕籠から降りた。

「こっちです」

おいちは気が急《せ》く思いで、小走りに長屋へ向かった。

（あたしは、新右衛門さんの言いつけ通りにしようか、どうしようかって、三日も悩み続けてしまった。もしその間に新右衛門さんが……）

そのことがどうしても気になってしまう。

おいちは新右衛門の長屋まで走り、見覚えのある戸の前まで来ると、

「新右衛門さんっ！」

戸を叩くのももどかしく、声をかけるのと同時に戸を引き開けた。おいちに遅れぬよう小走りでついてきた美雪は、すぐ後ろにいる。

戸が開いた直後、はっと息を呑《の》む美雪の気配が、おいちの背中に伝わってきた。

長屋の中は、すでに片付けられていた。鍋や茶碗など、暮らし向きの道具は残っていたが、三日前においちが来た時のように、床の上にものが雑然と置かれてはいない。床はきれいに掃き清められ、履物はなくなっていた。

「新右衛門さんはもう……」

おいちはそう呟くなり、後ろを振り返って美雪の前に頭を下げた。

「美雪さん、ごめんなさい。あたしがもっと早く美雪さんに文を渡していれば……。あたしが三日もの間、迷ったりしなければ……」

「それは違うわ、おいちさん」

美雪はおいちの肩に手をかけ、ゆっくりとその身を起こさせながら、落ち着いた声で言った。

「おいちさんが読み取ったあの人の気持ちは、まさに正しかった……。あの人はもしかし

たら、おいちさんがこうするって分かっていたのかもしれない。でも、途中で怖くなってしまったのでしょう。そういう人でしたから――」

「美雪さん、あたしのことを怒ってないの？　新右衛門さんに会えなくなってしまったのに――」

「私がおいちさんに寄せるのは感謝だけです。それに、今、あの人に会ったとしても、私の進む道もあの人の進む道も変わったわけではありません。それだけは確かなことですから――」

「美雪さん、七夕の日に仁吉さんと祝言を挙げるのですよね」

おいちは念を押すようにして訊いた。

「はい――」

美雪ははにかむような笑みを浮かべてうなずいた。

「帰りましょう。ここまでご一緒してくれて、本当にありがとう、おいちさん」

美雪はおいちの肩に手を置いたまま、そっと促すようにした。おいちは長屋の戸を閉め、美雪と共に歩き出した。

「帰りに小津屋に寄っていきませんか。少し変わった衣裳があるのです。もしよければ見ていきませんか」

「それって、紙で作ったという花嫁衣裳ですか」

「まあ、耳に入っていたのですか」

「もちろんです。紙の着物なら知ってますけど、花嫁衣裳なんて聞いたことがありません。どんなご衣裳なんだろうって、ずっと気になってました」

「一目見ただけでは紙とは分からないでしょう。絹のような手触りとはいきませんが、紙とは思えぬほど柔らかく、それに丈夫なのですよ」

「すてきですね、紙で作った花嫁衣裳なんて――」

おいちは美雪の晴れ姿を想像し、思わず溜息を漏らした。

七月七日、仁吉の妻となる美雪は、まさに織姫そのものだろう。

「おいちさんもいずれお召しになる日が来ますよ」

美雪はおいちの背にそっと手を置いて歩きながら、優しい声で言う。

その言葉は素直に嬉しかったが、同時においちの心を不安にもした。

「本当に……来るのかしら」

つい口をついて出た言葉に、

「来ます、きっと――」

美雪は確信に満ちた眼差しを前に向けて言った。

「おいちさんのように情け深く、正しく生きている人に、幸《さち》は必ず向こうからやって来るものです」

美雪の口ぶりはいつになく力強いものであった。

六

「もったいない。本当にもったいないわ」

七月七日、露寒軒宅ではいつもより大勢の客を迎え、てんやわんやの騒ぎであったが、その忙しい合間を縫って、幾度となくその呟きがおいちの口から漏れた。

「ほんとにねえ。本当にもったいないことだよ」

おさめもその度に同意して、溜息を漏らす。

「ええい、うるさい。幾度同じことを口にすれば、気が済むのじゃ！」

そして、何回かに一回は、露寒軒の雷が落ちる。露寒軒宅の人々は、それを性懲《しょうこ》りもなくくり返していた。

「別に、露寒軒さまを責めているわけじゃありません。ただ心の底から、もったいないって思うだけです。あんなにきれいな美雪さんの花嫁姿を、見られる機会を自ら捨ててしまうなんて――」

おいちは溜息まじりに言う。

露寒軒は小津屋の婚礼の席に招かれたのだが、その日はどうしても外せぬ用事があると断ってしまったのだ。

「仕方あるまい。乞巧奠の行事を復活させようというのに、このわしなしで、どうやって客をもてなそうというのだ」

露寒軒の言葉はもっともであった。

露寒軒宅では、七月七日のこの日、乞巧奠の儀式の一部を再現し、それを客たちに見せてもてなすことに決まった。この場合、客たちのさまざまな問いかけに対して、正確に答えることができるのは露寒軒だけである。

その数日前から、露寒軒宅ではそのための品物の調達に大わらわで、特に前日は夜遅くまで仕度に忙しかった。

いつも客を迎える座敷と隣室を仕切る襖《ふすま》を取り払い、奥の方に祭壇の設えをする。

本来の祭壇は星が見える庭に作るものだが、それは無理なので、部屋の中で祭壇だけを見てもらうことにした。

「宮中で使われた机は朱塗りの漆の高机じゃ」

と、露寒軒は言ったが、

「そんなもの用意できるわけありませんよ」

というおさめの一言で却下となった。

それで、いつも露寒軒とおいちが使う長机に純白の布を敷き、祭壇に見立てることになった。本来の机は四つだというが、それも二つに縮小された。

牽牛と織女へのお供え物の品目は、古くは梨、棗《なつめ》、桃、大角豆《ささげ》、大豆、熟瓜《ほぞち》、茄子《なす》、薄鮑、それに酒であったという。また、五色の糸を通した金銀の針七本を楸の葉に刺したものの他、香炉や琵琶に琴、星を眺めるための水を張った角盥など、用意しなければならないものはいくらもあった。

それに、古式ゆかしい乞巧奠を再現するだけではなく、今の世の人が楽しめるように、やはり笹竹に短冊をつるせるようにもしたい。

笹竹はおさめが近くの農家に掛け合って届けてもらう段取りをつけた。

お供えの食物は、金を払えば買えるものばかりだったが、梨だけは露寒軒宅の庭にもある。おいちはその実をもいで供えたかったが、育ちが少し遅いのか、なっている実はまだ小さく、色も青っぽい。それで、結局、梨も含めて、すべて八百屋や魚屋、棒手振《ぼてふ》りから買ったものをお供えすることになった。

香炉や琵琶、琴については、露寒軒から三河島の戸田家に申し入れてくれないかと、おいちやおさめは期待したのだが、露寒軒にそのことを持ちかけると、

「何ゆえ、このわしが三河島に頭を下げねばならんのじゃ」

と、撥《は》ねつけられてしまった。

「なら、あたしらがお凜さまに掛け合うしかないね」

というので、おいちが三河島の屋敷まで出向き、お凜に恐るおそるお伺いを立ててみると、お凜は快く承知してくれた。その上、七夕の前日、家の者を使って、入用のものを本郷まで運んでくれた。

「ほんと、お凜さまがお力を貸してくださって助かりましたよ」

これも、七夕の当日、おいちとおさめの口から何度も漏れた言葉であったが、その度に

露寒軒は「ふんっ」と聞き苦しそうにそっぽを向いた。

いずれにしても、この七夕の変わった趣向は、客たちには大いに評判がよかった。

おいちが懸案にしていた七夕の短冊も、一枚五文という金を取ったのだが、これが飛ぶように売れた。客たちは短冊に願いごとを書き、露寒軒宅の玄関先に飾られた笹竹に、短冊をつるして帰った。

古式ゆかしい乞巧奠の設えを見た後なので、この家で短冊を書けば、ご利益がありそうだと思われたのかもしれない。

おいちが小津屋で短冊用に買ってきたものだけでは足りず、最後には杉原紙を短冊の大きさに切って、短冊代わりにしたほどである。

この日、おいちの代筆は取りやめにして、歌占は「恋」を占いたい者だけに限るということで受け付けたのだが、これも盛況だった。露寒軒は歌占の客を取りながら、乞巧奠の説明もするというので、この日、誰よりも忙しく働き通した。

「本当に、お疲れさまでした、露寒軒さま」

おいち、おさめ、幸松の三人は、暮れ六つ（午後六時）になって客がすべて引き取ると、露寒軒をねぎらった。

「まったく、この家で一番の年寄りが働いて、若い者が楽をしておるとはけしからん」

露寒軒は口をとがらせて文句を言った。

「あたしたちだって、ちゃんとお手伝いはしてました。でも、仕方ありませんよ。お客さまたちにありがたい説明ができるのは、露寒軒さまだけなんですから――」

おいちはそう言い返したが、幸松は自分が役に立てないのは申し訳ないと思うのか、

「おいら、不勉強で済みません」

と、小さくなって謝った。

「まったく、同じように不出来な弟子でも、申すことがこうも違っていては……」

露寒軒が聞こえよがしにぶつぶつと呟く。

「ちょっと、露寒軒さま。それはどういう意味ですか。大体、弟子って――」

おいちが露寒軒に向かって、さらに言い募ろうとすると、

「おいち姉さん、おいらが集めてきた芋茎の葉の露で、早く梶の葉っぱに歌を書いてくださいよ」

と、それを遮るようにして、幸松が言った。

「えっ、ああ、そうね」

おいちは気勢をそがれた形で、ついうなずくしかない。どうも幸松には勘違いをされてしまったようだが、

(露寒軒さまがあたしをお弟子と言ってくださったのなら、少し嬉しい……)

と、おいちはひそかに思っていた。

露寒軒はいつか三河島の屋敷に戻ってしまうかもしれない。そうなれば歌占もやめてしまうだろう。

だが、露寒軒の弟子ということであれば、師弟の縁は途切れることはないのではないか。

ただ、それを露寒軒に確かめたかっただけなのだが……。

だが、芋茎の葉の露で墨を磨り、梶の葉に歌を書くのは、この日、おいちが最も楽しみにしていたことであった。

葉の露は幸松が朝、集めてきてくれたものだ。こぼしたりしないように、蓋のついた瓢《ひょう》簞《たん》の入れ物に、おさめが入れておいてくれた。

そこで、祭壇に使っていた机の一つを片付けて、いつもの場所に戻してから、おいちは筆記具の仕度をした。硯《すずり》の中に芋茎の葉の露を数滴こぼし、それで丁寧に墨を磨り始める。

梶の葉はそれで紙を作ることもあるというが、葉そのものも墨を吸い取りやすく、文字を書きやすいものだという。紙に比べれば書きにくいが、昔の人のやり方に倣《なら》って、この七夕の今日だけはこの梶の葉に奥ゆかしい歌を書きたい。

だが、おいちは何の歌を書けばよいのか分からなかった。

「露寒軒さま、昔の人はどんな歌を書いたのですか」

おいちが尋ねると、乞巧奠では詩歌を詠み合う宴《うたげ》が開かれたのだと、露寒軒は説明した後、

「まあ、七夕にまつわる歌を詠んで書いたのであろう」

と、続けた。七夕といえば、恋の歌であろう。

おいちは自分では作れないので、昔の人の作った歌を教えてほしいと、露寒軒に頼んだ。

露寒軒は仕方がないなと迷惑そうに呟きながらも、その目は嬉しそうである。

「まあ、七夕を詠んだ歌というのは、実はけっこうある」

もったいぶった様子で、露寒軒は告げた。

「しかし、大勢の歌詠みの中で、星を最も美しく詠むことができたのは、建礼門院《けんれいもんいん》に仕えた右京大夫《うきょうのだいぶ》という女人じゃ。この女人は、源平の合戦の折、平家側の武将として亡くなった平資盛《すけもり》の恋人であった。恋人を亡くした後、恋人を悼む多くのよき歌を作っている。その中には、七夕を詠んだものもあるが、最も秀逸なるは——」

露寒軒はそこまで言った後、少し思いをめぐらすようにじっと目を閉じて沈黙した。

おいちもおさめも幸松も、露寒軒の邪魔をせぬよう、息をつめて次の言葉を待っている。

ややあってから、露寒軒は目を閉じたまま、おもむろに一首の歌を口ずさんだ。


何事も変はりはてぬる世の中に　契《ちぎ》りたがはぬ星合《ほしあい》の空

「世の中とは、恋人の平資盛が亡くなり、すべてが変わってしまったことを言うのであろう。それでも、七夕の夜、逢瀬を重ねる牽牛と織姫の契りの深さは変わらない。二度と恋人に逢うことのできぬ我が身を、一年に一度でも逢うことのできる牽牛や織姫と引き比べ、嘆いているのであろう」

露寒軒は歌を読み上げてから目を開けると、歌の説明を付け加えた。

「ふつう、一年に一度しか逢えない二人を、気の毒だって思うもんですけどねえ。この歌を作った人は、牽牛と織姫がうらやましいんですねえ」

おさめはしみじみとした口ぶりで呟いた。少し目をしばたたかせている。

「……そうでしょうか」

その時、おいちが異を唱えた。

「あたしは、右京大夫という女人は恋人への気持ちが変わっていないことを、歌にしたんじゃないかと思います。契りを違《たが》えないのは、牽牛と織姫もそうだけれど、右京大夫もそうなんじゃないかって――」

おいちの懸命な言葉を、最後まで口を挟まずに聞き、それから露寒軒はゆっくりと口を開いた。

「つまり、世の中のすべてのものが変わってしまっても、牽牛と織姫が契りを違えることがないように、右京大夫の心も変わらないというわけじゃな」

世の中は確かに男女や夫婦の仲をもいうが、世間という意味でも使う。おいちの解釈では、そちらの意味で取ったことになる。

「確かに、わしが語ったのは学者ふうの解釈じゃ。お前は、右京大夫の心を読んだのかもしれぬな」

露寒軒はいつになく物柔らかな口ぶりで言った。

「心を……？」

人の心を読む力があるのかもしれない、とは、この家へ来て間もなく露寒軒から言われた言葉だ。その言葉に支えられて、しかとした自覚も持たないまま、ここまできた。

だが、この右京大夫という人は、五百年も前の人だというのに、他人のような気がしないのは、どういうわけだろう。恋を失《な》くした女――それでも、その恋を忘れられない女――その女の心に、自分の恋心を重ね合わさずにはいられないからだろうか。

おいちは下書きをしないでも覚えてしまったその歌を、梶の葉の裏にゆっくりと書き記した。紙に書くのと違って、少し字体が崩れてしまうところがあるが、墨はすうっと葉に染み込んでゆく。

「できたわ！」

おいちが書き上げた梶の葉を持ち上げると、

「それじゃあ、さっそく笹竹につるしましょうよ」

はしゃいだ声を上げて、幸松が言う。

「それじゃあ、糸を通さなくちゃね」

おさめが針と糸を仕度し、葉に糸をつけると、おいちと幸松の二人は玄関の笹竹にそれを結び付けに行った。

笹竹に結び付けられた梶の葉が、初秋の風に揺れている。少し離れてその様子を眺めながら、おいちは満足した。

（あたしの颯太への気持ちも決して変わらない）

——契りたがはぬ星合の空

何てきれいな言葉遣いなのだろう。この言い回しを借りて、歌が作れないだろうか。自分の颯太への気持ちを、言葉にできないだろうか。

ふっと、星が流れるように、何かがおいちの脳裡を駆け抜けていった。

「おいち姉さん、裏庭で角盥の水盤に星を映して、それを眺めましょうよ」

幸松がそう誘った。

客がいなくなった夕方以降、昔の乞巧奠の儀式の通り、水盤に映った星を見ようというのは、かねてから露寒軒宅の人々が計画していたことであった。

「そうね。あら、でも、夕餉がまだじゃないの」

朝から立て続けに働いていた四人は、昼も握り飯を交代で食べただけであった。

「夕餉は外で星を見ながら食べられるようにって、おさめさんがお弁当にしてくれたんですよ」

おいちの言葉に、幸松がにっこりと笑みを浮かべながら答えた。乞巧奠のお供え物として買った野菜や豆などで、おさめが調理をしてくれたのだという。

おさめの心尽くしに、おいちは胸が熱くなった。おさめとて、昼間は忙しかったろうに、暇を見て、皆のために特別な弁当を用意してくれていたのだ。

「じゃあ、行きましょうか」

おいちはそう言って戻りかけたが、その時、ふと後ろを振り返った。理由などなかったし、そうしようというつもりもなかった。ただ、振り返ると、玄関先の梨の木が目の中に入ってきた。

まだ食べられるほどではないが、実は少しずつ大きく育ってきている。日が落ちて間もない薄闇の中で、梨の実は青黒く見えた。

おいちはじっと梨の木に見入っていた。

「おいら、おさめさんのお手伝いがあるから、先に行ってますね」

幸松は足を止めてしまったおいちに何も訊かず、そのまま先に家の中へ戻ってゆく。すぐに後を追おうと思ったが、おいちの足はどういうわけか動かなかった。

「君が行く……」

昔、七重に聞いた歌の一句目の言葉が、つと口をついて出た。

あなたが行く道を焼き滅ぼしてしまいたい――そんな激しい言葉は、今の気持ちに似つかわしくない。

(あたしは、あたしの気持ちも、颯太の気持ちも信じている。たとえどんなに離れていても――)

「君が行く……道はいずこへ続くとも――」

おいちはつと空を見上げた。

ほのかに残照を宿した群青の空が広がっている。宵の明星がひときわ明るく輝いていた。

コトリ――。

かすかな物音がして、おいちは空から目を地上に戻した。

「颯太っ！」

誰何《すいか》の声ではなく、その名を口にしてしまったのはどうしてだろう。

一瞬の後、おいちは梨の木坂へ飛び出していた。坂の上を見上げ、それから坂下に目をやる。

だが、人影は一つもなかった。

おいちはなおもあきらめきれず、蒼い闇に目を凝らしたが、どれだけ見つめても誰もいない。

気のせいだったのか。

颯太はいつもどこかから自分を見ていて、七月七日の今宵、自分に逢いに来てくれる――そんなふうに思ってしまうのは、まったくの妄想でしかないのか。

そう、根拠などどこにもない。ふつうに考えれば、颯太がおいちの居場所を知っているはずがないのだ。

（でも、でも、あたしは――）

おいちの足はふらふらと梨の木の方へ動き出していた。

見慣れた、すでに馴染み深くなっている梨の木の傍らに立ち、そのごつごつした幹に手を触れる。

その時、おいちは足許に置かれている何かに気づき、急いで膝を折った。

「これは……梨の実——」

おいちはその丸い実を拾い上げ、両手で包み込むようにして目の前へ持っていった。梨の実は、決してそこに落ちていたのではなかった。第一、この家の木の実は、まだ熟していない。だが、木の下に置かれていた実は大きく、黄金色に色づいているのが、ほのかな夕闇の中でも分かった。

この梨の実は、明らかに誰かがここに置いていったものだ。

気に入りの少女に、梨の実を贈るのは、真間村の少年たちの風習だった。

颯太が毎年のように、おいちにしてくれたこと——。

「颯太！ やっぱり颯太なの？」

だが、声を放っても、返事は聞こえなかった。

颯太はこの近くに息をひそめて、自分の様子をうかがっているのだろうか。この闇のどこかに身を隠しているのだろうか。

「あたし、あきらめない——」

おいちは梨の実を両手で包み込みながら立ち上がると、周囲の闇にささやくように言った。

「颯太が今、何をしていても——どんなに逢うのが難しいのだとしても、あたしは絶対に颯太をあきらめません。あたしの気持ちは絶対に変わらないから——」

颯太が今この場にいて、この声を聞いていてくれるとは限らない。だが、おいちは口にせずにはいられなかった。

「あたしは約束を違《たが》えたりしません。だから、颯太も約束を守って――」

真間の井の傍らで、一緒に生きていこうと誓ったあの約束を――。

見上げれば、空はいつの間にか暗くなっており、星はいよいよ明るさを増している。

星々の光が急に輪郭を失った。おいちは慌てて涙を払い、なおも星合の空を見上げ続けた。

あの金銀に輝く星々の河を渡って、今宵、牽牛と織姫は逢瀬を交わす――。

――あなたの進む道がどこへ続いているのだとしても、私たちの約束は変わらない。離れ離れの二つの星が、一年に一度必ず相逢う、あの星合の空のように――。

君が行く道はいずこへ続くとも　契りたがはぬ星合の空

引用和歌

◆ほど遠み通ふ心のゆくばかり　なほ書きながせ水茎の跡（西行『山家集』）
◆君が行く道の長手を繰り畳ね　焼き滅ぼさむ天の火もがも（狭野弟上娘子『万葉集』）
◆颪の音苔の雫も天地の　絶えぬ御法の手向けにはして（戸田茂睡）
◆ながれては妹背の山の中に落つる　吉野の川のよしや世の中（読人知らず『古今和歌集』）
◆父母が頭かき撫で幸くあれと　いひし言葉ぜ忘れかねつる（防人歌『万葉集』）
◆たなばたのとわたる舟のかぢの葉に　幾秋書きぬ露のたまづさ（藤原俊成『新古今和歌集』）
◆別れ路はいつも嘆きの絶えせぬに　いとど悲しき秋の夕暮れ（藤原隆家『新古今和歌集』）
◆天の原踏みとどろかし鳴る神も　おもふ仲をばさくるものかは（読人知らず『古今和歌集』）
◆何事も変はりはてぬる世の中に　契りたがはぬ星合の空（建礼門院右京大夫『建礼門院右京大夫集』）

引用漢詩

◆独在異郷為異客
毎逢佳節倍思親
遥知兄弟登高処
遍挿茱萸少一人（王維「九月九日憶山東兄弟」）

参考文献

◆佐々木信綱著『歌学論叢』（博文館）

編集協力　遊子堂

本書は、ハルキ文庫のための書き下ろし作品です。

時代小説文庫
し 11-3

星合《ほしあい》の空《そら》 代筆屋《だいひつや》おいち

著者 篠《しの》 綾子《あやこ》

2016年7月18日第一刷発行

発行者 角川春樹

発行所 株式会社 角川春樹事務所
〒102-0074 東京都千代田区九段南2-1-30 イタリア文化会館

電話 03(3263)5247[編集] 03(3263)5881[営業]

印刷・製本 中央精版印刷株式会社

フォーマット・デザイン&シンボルマーク 芦澤泰偉

ISBN978-4-7584-4016-5 C0193

http://www.kadokawaharuki.co.jp/[営業]
fanmail@kadokawaharuki.co.jp[編集] ご意見・ご感想をお寄せください。